오즈의 마법사

THE GIRL CLASSIC

환상 컬렉션

오즈의 마법사

라이먼 프랭크 바움 지음
김율희 옮김

윌북

일러두기

이 책은 *The Wonderful World of Oz*(Penguin Classics, 1998)를 바탕으로 번역했습니다.

The Wonderful Wizard of Oz by Lyman Frank Baum

여는 글

✦

우리는 여전히 그곳에 갈 수 있다

초등학교에 다니던 때다. 당시 살던 아파트에는 동마다 쓰레기장이 붙어 있었다. 각 세대에서 배출한 쓰레기가 라인을 타고 그곳으로 떨어졌다. 두 짝짜리 검은 문은 늘 닫혀 있었다. 45도 각도로 비스듬히 누워서.

아마 비스듬히 누워 있었기 때문일 것이다. 다른 데서는 그런 문을 본 적이 없었다. 별나게 생긴 문이란 특별한 곳으로 통하기 마련이다. 신나는 이야기책이라면 모름지기 항상 그렇다. 나는 비밀을 꿰뚫어봤다고 생각하며 혼자 궁리해보았다. 혹시 저 문 안쪽의 쓰레기를 헤치고 넘어가면 다른 세계로 통하는 게 아닐까?

그때까지 나니아에 대해 읽어본 적이 없었는데도 그런 훌륭한 판단을 해냈지만 진실을 아는 것과 실천하는 것은 다른 문제였다. 문은 쓰레기 수거차가 올 때면 가끔 열렸지만 어김없이 연탄재며 배추 쓰레기 같은 것들이 가득 차 있었다. 그것들을 헤치고 감히 안쪽으로 들어가볼 용기는 나지 않았다. 털외투 같은 것이었다면 나도 겁나지 않았을 텐데. 왜 어떤 애들에게는 지나치게 어려운 시련이 주어지는 거지?

어느 해에는 아이들 사이에 파란 카드가 유행했다. 누가 처음 가져왔는지 모르겠지만 어느새 여러 아이들이 수십 장씩 갖고 있었다. 지금 생각해도 무슨 용도였는지 모를, 인쇄 파지 귀퉁이를 일괄 썰어낸 것처럼 생긴 그 카드는 인기의 상징이 되어 교실 안 한정으로 돈다발 같은 위력을 발휘했다. 카드가 없는 아이들은 그거 한 장을 얻어보고 싶어서 우쭐대는 카드 부자 곁을 기웃거렸다. 나와 친구는 그런 꼴이 불만스러웠다. 그리고 근본적 의문을 품었다. 저 애들은 어떻게 저걸 한 뭉치씩 들고 올까? 어딘가에 더 많은 카드가 쌓여 있는 게 틀림없어. 카드를 독점하고 싶은 애들이 위치를 말해주지 않는다면 직접 찾아내는 수밖에.

파란 카드가 듬뿍 쌓인 비밀 장소를 발견해 두 손 가득 쥐고 나오는 상상에 빠져든 우리는 제 나름 합리적으로 장소를 추론해보았다. 그 무렵 아파트 상가의 위층에는 간판도 없는 공장이나 빈 사무실이 많았다. 그런 곳들 중 어딘가가 아닐까? 우리는 모험을 떠나기로 결의하고 학교가 끝난 뒤에 상가 앞에서 만났다. 카드를 담아 올 가방도 야무지게 챙졌다. 가다 보면 노란 벽돌길이 금방 나타날 거야.

　　하지만 어떤 곳은 문이 잠겨 있어서, 어떤 곳은 너무 사람이 많아서, 어떤 곳은 뭐 하러 왔느냐고 호통치는 어른들이 있어서, 우리의 모험은 실패로 돌아갔다. 친구 집에 가서 뻥튀기를 먹으며 회의를 해봤지만 어쩐지 기가 꺾인 우리의 입에서는 내일 또 찾으러 가보자는 말이 쉽사리 나오지 않았다. 잠겨 있어서 못 들여다봤던 어느 문 안쪽에 카드가 쌓여 있는 광경이 아른거렸지만 언제 열릴지 어떻게 안담? 소설 속의 아이들은 이럴 때 우리처럼 포기하지 않는다는 생각이 떠올랐지만 현실의 어린이는 꽤 바쁘다. 해는 저물고 있었고 더 늦기 전에 집에 가서 숙제도 해야 될 것 같았다.

　　그 시절, 아이들에게 불친절한 어른들이 지키고 있는 살풍경한 상가 3, 4층은 도로시와 친구들이 통과하던 서쪽 마녀의 땅이기도 했고, 비스듬한 검은 문이 닫힌 쓰레기장은 네버랜드 섬으로 가기 위해 거쳐야 할 검푸른 바다이기도 했다. 그 이야기들은 항상 가까이에, 얇은 한 겹 베일 너머에 있다고 느껴졌다. 나는 아마 네버랜드에 다녀올 수도 있을 테고, 노란 벽돌길을 따라가 에메랄드 성에 도착할 수도 있었다. 너무 바쁘지만 않다면 말이다. 지금은 좀 바쁘니까 일단 포기한다. 걱정할 필요는 없다. 진짜 기회는 다른 날 다른 때에 웬디네 집 창문처럼 내 눈앞에 열릴 테니까.

하지만 나이가 들수록 사람들은 점차 그런 확신을 금지당하고, 나도 곧 뛰어들 예정이었던 비밀과 모험을 알레고리로 읽으라는 권유를 받는다. 한때 그토록 강력한 존재감을 가지고 베일 너머에서 빛나던 이야기는 죽은 요정처럼 불빛이 꺼져 책갈피 속에 갇힌다. 판타지에 빠져드는 건 현실 도피가 아니냐는 이야기가 불만스러워 한때는 환상의 실용적 가치를 옹호해보려 애쓴 적도 있었다. 하지만 이제는 슬슬 이런 기분이 든다. 내가 도망가겠다는데 어쩔 거야?

사람에 따라 방식은 다르겠지만 우리는 꽤 자주 도망친다. 내 힘으로 당장 바꿀 수 없는 것들로부터 우아하게 날아올라 도망친다. 모험을 포기하고 숙제를 해야만 하는 아이부터 출근을 앞둔 일요일 오후 4시의 직장인까지. 비장하게 자신을 꾸짖으며 정면으로 부딪치는 방법도 있지만 늘 그러다가는 앞이마가 남아나지 않는다. 그러니 때로는 세 걸음 위로 날아올라 나비처럼 팔랑대며 내려다보는 쪽을 택한다. 인류는 늘 그래왔다. 그런 식으로 제 손으로 어찌할 수 없는 억센 세상을 조금이라도 말랑하게 주물러왔다.

수학 문제집을 풀기 싫은 어린이였을 때, 나는 외계인과 지구의 운명을 놓고 대결을 벌이는 존재가 되었다. 외계인이 하필 나를 찍어서 이 문제를 마저 풀면 지구를 멸망시키려던 계획을 달리 생각해보겠다는데 물러설 순 없는 일이 아니겠는가. 어떤 날은 수학이 발달하지 않은 꼬마 사람들의 나라에서 사절단이 찾아왔다. 그 나라 최고의 학자들조차 수백년 동안 이 문제를 풀지 못했는데 지구에서는 초등학생도 풀수 있는 문제다. 지금 그들은 내가 이 어려운 문제를 푸는 모습을 보며 충격에 빠져 있다……

먹구름을 피해 근사하게 도망쳤지만 우리는 도로시처럼, 그리고 웬디나 피노키오처럼 빙그레 웃으며 집으로 돌아올 것이다. 그들이 떠났다가 돌아왔기에 집을 더 사랑하게된 것처럼 우리에게도 그런 일이 벌어질 것이다. 집이 지겨워졌다면 또 떠나면 된다. 우리에겐 수천 번이라도 그럴 기회가 있다. 너무 바쁠 때만 빼면.

어린 시절 나를 '세 걸음 위'로 날아오르게 해주었던 이야기들을 오랜만에 다시 읽었다. 흥미롭게도 이 이야기들은 내 기억처럼 보편적이지 않았다. 오늘날 쉽사리 떠올리는 환상 세계의 이미지는 많은 부분 영화에서 왔을 텐데, 그런 영화의 원전이었을 고전 동화들 또한 익숙한 이미지의 재탕이려니 섣불리 예단했다가는 흠칫 놀라게 된다. 원액답게 개성이 넘치고, 각 시대의 특수한 무늬가 새겨지고, 재치 있는 디테일로 가득한 이야기들이다. 뭉근한 단맛이 아닌 칼칼하고 또렷한 맛이다.

피터와 웬디의 섬은 독립된 환상계인 척 등장했다가 금세 현실과의 분리점을 멋대로 깨뜨리며 독자를 슬쩍 놀리고 갈팡질팡 헷갈리게 한다. 달콤하기만 한 게 아니라 씁쓸하기도 하고 때로는 냉담하기도 하다. 천연덕스럽게 건방을 떨고 변덕을 부리지만 너무 매력적이어서 그냥 믿어주고 싶어지는 피터처럼, 어딘가 혼란스러운 이 이야기 속 세계는 이름부터가 네버랜드다. 작가는 이곳이 존재한다고 말하고 싶은 걸까, 존재하지 않는다고 말하고 싶은 걸까?

도로시 일행이 거쳐가는 오즈 세계의 이곳저곳은 연극 무대처럼 장면별로 집약적 개성이 부여되어 있어서 오늘날의 게임 필드 디자인과도 비슷한 느낌을 준다. 그만큼 현대적이다. 덕택에 여기저기에 다양한 정체성의 인물들을 흩뿌려놓아도 플레잉 카드들처럼 다채롭게 조화된다. 이 놀랄 만한 확장성을 보면 이 작품이 십수 권의 시리즈로 이어진 것이 우연은 아니었구나 싶다.

흥미진진한 우화들을 모아놓고 주인공의 강한 개성을 실 꿴 바늘처럼 이용해 종횡무진 이어붙인 피노키오의 전개 방식도 대담하기 이를 데 없다. 아무 데나 잘라내어 인용해도 신기할 정도로 짜임새가 있는 에피소드들을 보면 이 이야기가 오래 살아남은 이유를 알 것 같다. 전체적으로 장편이지만 하나하나가 단편인 이 구조는 오늘날 더욱 인기를 끄는 방식이 되었다.

더구나 인물들은 오늘날의 이야기들이 부끄러워질 만큼 생동감이 넘친다. 당당하고 뻔뻔스러워서 독자의 눈치를 보지 않는다. 요즘 피노키오 같은 주인공을 내세운다면 상당수의 독자들은 그를 응원하기보다 미워할 것이다. 어린 시절의 나조차도 피노키오는 나와 너무 다른 아이라고 생각했다. 아빠가 단벌 외투를 팔아 사 온 책을 인형극을 보기 위해 팔아버리다니, 난 이렇게 무신경하지 않아.

하지만 이제 다시 읽어보니 작가는 실제의 아이를 지나칠 정도로 잘 관찰했다. 많은 아이들이 눈앞의 유혹에 빠지면 다른 문제를 잊어버리거나 합리화하고, 유혹이 사라지면 곧 후회한다. 그리고 유혹에 빠졌던 자신을 까맣게 잊는다. 애어른처럼 의젓한 어린이 인물들은 아이한테 짜증 내는 어른이 되고 싶지 않은 독자의 입맛일 뿐, 진짜 아이와는 별로 상관이 없는 존재다.

빅토리아 시대에 태어난 피터와 웬디는 오늘날의 아이들과 꽤 비슷하지만 또 제법 다르다. 사랑스럽고 멋진가 하면 당혹스럽고 뜻밖이다. 그러나 여전히 아이답다. 현대인의 관점에서 비판적으로 읽히는 지점들도 있지만 동시에 빈티지 찻잔 같은 매력을 품고 있다.

오래전 이미 읽은 동화를 왜 굳이 다시 읽어야 할까? 그러고 싶다면 일차적으로는 그립기 때문이다. 하지만 막상 다시 읽고 보면 이 이야기가 어린이 독자에게 보여주는 결, 그리고 다시 읽는 성인 독자에게 보여주는 결이 다른 것을 느끼게 된다. 태어나서 처음 먹어보는 요리의 황홀함도 특별하지만, 접시 한구석의 완두콩도 남기지 않는 나이가 되고 나서야 비로소 이해되는 맛도 있기 때문이다.

하지만 내가 한 세계의 시민권만으로 만족할 수 없는 사람으로 자란 근원은 역시 최초의 매혹이었을 것이다.

어느 날 밤, 나는 꿈을 꾸었다. 몰래 집에서 나와 비스듬히 누운 검은 문을 열고 안으로 들어갔다. 그리고 시련을 단번에 통과했다. 갑자기 나는 성처럼 생긴 널찍한 홀에 도착해 있었다. 사방이 찬란하게 밝혀졌고, 작은 구름 같은 것들이 수없이 떠다니고 있었다. 멋지게 차려입은 사람들이 구름을 타고 즐겁게 노닐며 만화에서나 보았던 신기한 간식들을 먹고 있었다.

내가 그 광경을 멍하니 보고 있는데 어떤 아이가 다가오더니 웃으며 내 손을 잡아끌었다. 나는 그 아이의 손을 잡고 자유롭게 하늘을 날아다니며 놀았다. 그 아이의 이름은 굳이 말하지 않아도 누구나 알 것이다.

그 뒤로 자려고 불을 끄고 누우면 바로 밑에 그 아름다운 세계가 펼쳐져 있다는 생각을 했다(우리 집은 1층이었다). 그곳과 나 사이에 고작 한 겹의 콘크리트 바닥만 가로놓여 있다고 생각하자 기분이 좋았다. 언제든지 갈 수 있으니까, 지금 가지 못하더라도 괜찮게 느껴졌다. 그렇다. 우리는 여전히 그곳에 갈 수 있다. 길만 안다면 그리 먼 곳은 아니다.

· 전민희(작가) ·

차례

오즈의 마법사
The Wonderful Wizard of Oz

머리말

✦

옛날 옛적부터 어린 시절과 민담, 전설, 신화, 동화는 함께했습니다. 건강한 어린이라면 누구나 환상적이고 경이로우며 현실이 아닌 이야기를 좋아하니까요. 이는 건전한 본능입니다. 그림 형제와 안데르센의 날개 달린 요정들은 인간이 만들어낸 어떤 창조물보다도 아이들의 마음을 행복하게 해주었습니다.

그러나 대대로 그런 역할을 해온 옛 동화를 이제 어린이 도서관에서는 '역사적인 책'으로 분류하게 될지도 모르겠습니다. 더욱 새로운 '놀라운 이야기'가 쏟아져 나올 때가 되었기 때문입니다. 정령이나 난쟁이, 요정처럼 진부한 인물들이 등장하지 않으며, 저자가 무시무시한 교훈을 주려고 창조한 무섭고 오싹한 사건도 없는 이야기 말입니다. 현대의 아이들은 도덕 교육을 받습니다. 따라서 이런 놀라운 이야기에서는 재미만을 얻고 싶어 하며 불쾌한 장면이 나오면 아무렇지 않게 건너뜁니다.

나는 이런 생각을 품고, 오로지 오늘날의 아이들을 즐겁게 해주기 위해 『오즈의 마법사』를 썼습니다. 부디 이 이야기가 놀라움과 즐거움은 고스란히 남고 고통과 공포는 사라진, 현대식 동화가 되기를 바랍니다.

· 1900년 4월 시카고에서
라이먼 프랭크 바움 ·

회오리바람

도로시는 캔자스 대평원 한복판에서 농사를 짓는 헨리 아저씨, 엠 아주머니 부부와 함께 살았다. 집 지을 목재를 아주 멀리서 짐마차에 실어 와야 했기 때문에, 집은 자그마했다. 사방을 두른 벽과 바닥, 지붕으로 이루어진 방 하나가 전부였다. 이 방에는 녹슬어 보이는 요리용 화덕과 접시를 보관하는 찬장, 의자 서너 개, 침대 두 개가 있었다. 헨리 아저씨와 엠 아주머니는 한쪽 구석에 놓인 커다란 침대를 쓰고 도로시는 반대쪽 귀퉁이에 놓인 작은 침대를 썼다. 다락방도 없었고 지하실도 없었다. 땅을 파서 만든 작은 구덩이는 있었는데 그곳을 회오리바람 대피소라고 불렀다. 어마어마한 회오리바람이, 그러니까 건물이란 건물은 다 박살내며 지나가는 강한 회오리바람이 불어 닥치면 도로시 가족이 들어갈 공간이었다. 마룻바닥 가운데 있는 작은 문을 들어 올린 뒤 사다리를 타고 내려가면 작고 캄캄한 구덩이가 나왔다.

　도로시가 문간에 서서 두리번거릴 때마다 보이는 것은 사방으로 펼쳐진 넓은 잿빛 평원이었다. 어디를 봐도 나무 한 그루, 집 한 채 눈에 띄지 않고 평평한 땅이 하늘 끝까지 이어졌다. 갈아엎은 땅은 햇볕에 달궈져 여기저기 가늘게 갈라진 잿빛 덩어리로 변했다. 풀마저도 푸르지 않았다. 긴 풀잎 끄트머리가 햇볕에 그을려 사방에서 보이는 풍경과 똑같이 잿빛으로 변한 탓이었다. 집은 예전에 페인트를 칠했지만 햇볕을 받아 군데군데 들뜨고 비에 씻겨 내려가, 지금은 다른 모든 것들과 마찬가지로 칙칙한 잿빛이었다.

　처음 그곳에 와서 지내던 시절에 엠 아주머니는 젊고 어여쁜 신부였다. 그러나 해와 바람이 엠 아주머니를 다른 사람으로 바꿔버렸다. 눈동자에서 활기가 사라지고 차분한 잿빛만 남았다. 뺨과 입술은 붉은빛을 잃고 역시 잿빛으로 변했다. 몸은 수척했으며 이제는 전혀 웃지 않았다. 고아인 도로시가 처음 왔을 때 엠 아주머니는 아이의 웃음에 깜짝 놀란 나머지, 도로시의 명랑한 목소리가 자신의 귓가에 닿을 때면 비명을 지르며 손으로 가슴을 꾹 누르곤 했다. 웃을 일을 곧잘 찾아내는 이 어린 소녀를 볼 때마다 여전히 놀라울 따름이었다.

　헨리 아저씨는 소리 내어 웃지 않았다. 아침부터 밤까지 열심히 일했고 기쁨이 무엇인지 알지 못했다. 긴 턱수염부터 거친 장화까지, 역시 전부 잿빛이었으며 엄격하고 진지한 얼굴로 말을 거의 하지 않았다.

도로시가 주위 환경처럼 잿빛으로 변하지 않고 웃을 수 있는 이유는 토토였다. 토토는 잿빛이 아니었다. 작고 검은 개로, 털이 길고 보드라웠으며 우스꽝스럽게 생긴 작은 코 양쪽에서는 조그맣고 까만 눈이 즐거운 듯이 반짝였다. 토토는 온종일 놀았다. 도로시는 토토와 함께 놀았고 토토를 몹시 사랑했다.

그러나 오늘, 둘은 놀지 않았다. 헨리 아저씨는 문간에 앉아 걱정스러운 얼굴로 하늘을 바라보았는데, 하늘은 평소보다 훨씬 짙은 잿빛이었다. 도로시는 토토를 안고 문간에 서서 같이 하늘을 쳐다보았다. 엠 아주머니는 설거지를 하는 중이었다.

저 멀리 북쪽에서 바람이 낮게 울부짖는 소리가 들려왔다. 헨리 아저씨와 도로시의 눈에, 다가오는 태풍 앞에서 긴 풀들이 허리를 굽히며 물결치는 광경이 보였다. 이제는 남쪽 하늘에서 날카로운 휘파람 소리가 들렸다. 그쪽으로 눈길을 돌리니 거기서도 풀들이 일으킨 잔물결이 다가오고 있었다.

헨리 아저씨가 벌떡 일어섰다.

"회오리바람이 다가오고 있어요, 엠. 가축들을 챙기러

가야겠어요." 아저씨가 아내에게 외쳤다.

그런 다음 소와 말을 넣어둔 헛간으로 달려갔다.

엠 아주머니는 하던 일을 멈추고 문간으로 달려왔다. 그리고 위험이 닥쳐왔음을 한눈에 알아보았다.

"어서, 도로시! 얼른 대피소로 뛰어!" 아주머니가 외쳤다.

토토가 도로시의 품에서 뛰어내려 침대 밑에 숨었다. 도로시는 토토를 찾기 시작했다. 겁에 질린 엠 아주머니는 마룻바닥 문을 열어젖힌 다음, 사다리를 타고 작고 캄캄한 구덩이로 내려갔다. 마침내 토토를 붙잡은 도로시도 아주머니를 따라가기 시작했다. 방의 중간쯤에 이르렀을 때, 귀청을 찢을 듯한 바람 소리가 들렸다. 집이 마구 흔들리는 바람에 도로시는 발을 헛디뎌 바닥에 털썩 주저앉고 말았다.

그때 이상한 일이 일어났다.

집이 두세 번 빙글빙글 돌더니 천천히 공중으로 떠올랐다. 도로시는 풍선에 갇혀 하늘로 올라가는 기분이 들었다.

북풍과 남풍이 도로시네 집이 있는 자리에서 맞부딪치는 바람에, 집이 회오리바람 한가운데로 휘말려든 것이다. 회오리바람 한복판은 대개 바람 한 점 없지만, 사방에서 불어오는 바람이 엄청난 힘으로 집을 짓누르며 점점 높이 밀어 올렸고 결국 집은 회오리바람 꼭대기에 이르렀다. 그리고 그 상태로 깃털처럼 가볍게 아주 멀리 날아갔다.

사방이 깜깜했고 집 주위에서는 바람이 무시무시하게 윙윙거렸다. 그러나 도로시는 아주 편안하게 바람을 타고 날았다. 처음에는 집이 몇 번 뱅글뱅글 돌았고 딱 한 번 심하게 기울어지기도 했지만 그 뒤로는 요람 속 아기가 된 듯이 가만가만 흔들리는 느낌이 전부였다.

토토는 이 상황을 좋아하지 않았다. 큰소리로 짖어대며 방 안을 이리저리 뛰어다녔다. 그러나 도로시는 바닥에 가만히 앉아 무슨 일이 일어날지 기다렸다.

토토는 열린 바닥 문으로 너무 가까이 갔다가 구멍에 빠지고 말았다. 처음에 도로시는 강아지를 잃어버린 줄 알았지만, 곧 구멍에서 튀어나온 강아지의 귀 한쪽이 보였다. 강한 기압 때문에 떨어지지 않고 그대로 떠 있었다. 도로시는 구멍 쪽으로 기어가 토토의 귀를 붙잡고 다시 방으로 끌어들였다. 그다음에는 다시 사고가 일어나지 않도록 바닥 문을 닫았다.

시간이 지나면서 도로시는 서서히 두려움을 떨쳐냈다. 그러나 몹시 외로웠으며 바람이 사방에서 아우성치는 바람에 귀가 멀 지경이었다. 처음에는 다시 아래로 떨어져 몸이 산산이 조각날지도 모른다는 생각이 들었다. 그러나 시간이 한참 흘렀는데도 끔찍한 일이 일어나지 않았으므로, 걱정은 접어두고 앞으로 벌어질 일을 차분히 기다려보기로 했다. 도

로시는 흔들리는 바닥을 기어가 침대에 누웠다. 토토가 따라
와 곁에 누웠다.

　　집이 이리저리 흔들리고 바람이 울부짖었지만, 도로시
는 곧 눈을 감고 깊은 잠에 빠졌다.

먼치킨을 만나다

쾅 하고 부딪히는 느낌에 도로시는 잠이 깼다. 너무 갑작스 럽고도 강한 충격이었기에 푹신한 침대에 누워 있지 않았다 면 다쳤을지도 몰랐다. 충격에 놀란 도로시는 숨을 죽이며 무슨 일이 벌어진 것일까 생각했다. 토토는 작고 차가운 코 를 도로시의 얼굴에 파묻고 우울한 듯이 낑낑거렸다. 몸을 일으킨 도로시는 집이 움직이지 않는다는 사실을 깨달았다. 어둡지도 않았다. 창문으로 들어온 밝은 햇빛이 작은 방 안 에 가득했다. 도로시는 침대에서 벌떡 일어나, 발치에서 따 라오는 토토와 함께 달려가서 문을 열었다.

이 작은 소녀는 놀란 나머지 소리를 지르며 두리번거렸 다. 앞에 펼쳐진 놀라운 광경에 눈이 점점 더 휘둥그레 커졌다.

회오리바람이 도로시의 집을 놀랍도록 아름다운 나라 한복판에 (회오리바람 치고는) 아주 부드럽게 내려놓았던 것이다. 사방으로 아름다운 풀밭이 펼쳐졌고 위풍당당한 나무에는 먹음직스러운 과일이 주렁주렁 달려 있었다. 곳곳마다 알록달록 꽃 무리가 지고 나무와 덤불에서는 새들이 희귀하고도 화려한 깃털을 뽐내며 푸드득 날아다녔다. 조금 떨어진 곳에서는 반짝거리는 시냇물이 초록색 강둑 사이를 콸콸 흘러가면서, 그토록 오랫동안 메마른 잿빛 평원에서 살던 소녀에게 아주 유쾌한 목소리로 속삭였다.

도로시는 문간에 서서 그 기묘하고 아름다운 풍경에 흠뻑 빠졌다가, 지금껏 본 적 없는 아주 이상하게 생긴 사람들이 다가오는 모습을 보았다. 도로시가 보통 때 보던 어른들처럼 키가 크지는 않았지만 아주 작지도 않았다. 또래에 비해 큰 편인 도로시와 키가 비슷해 보였는데 얼굴을 보면 나이는 훨씬 많은 것 같았다.

세 명은 남자, 한 명은 여자였고 옷차림이 하나같이 기묘했다. 머리 위로 30센티미터쯤 뾰족 솟아오른 둥근 모자를 썼으며 모자 테두리에는 작은 종이 여러 개 매달려, 움직일 때마다 유쾌하게 딸랑거렸다. 남자들의 모자는 파란색이었다. 작은 여자는 흰색 모자를 쓰고 어깨에서부터 주름을 잡아 늘어뜨린 흰 드레스를 입고 있었다. 그 옷에 흩뿌려진 작은 별들이 햇빛을 받아 다이아몬드처럼 빛났다. 남자들은 모자와 같은 파란색 옷을 입었고 반질반질 윤이 나는 장화를 신었는데 장화 목 부분을 밖으로 넓게 접어 파란색 안감이 보였다. 도로시는 그들이 헨리 아저씨와 나이가 비슷하다고 생각했는데, 그중 두 명에게 턱수염이 있었기 때문이다. 그러나 작은 여자는 나이가 훨씬 많은 게 분명했다. 얼굴이 주름투성이였으며 머리는 백발에 가까웠고 걸음걸이가 약간 어색했다.

이 사람들은 집 문간에 선 도로시 근처로 다가오다가 잠깐 걸음을 멈추고는 더 다가오기가 겁나는 모양인지 자기들끼리 속닥거렸다. 결국 작고 나이 많은 여자가 도로시에게 다가와 허리 숙여 인사한 뒤 상냥한 목소리로 말했다.

"고귀한 마법사님, 먼치킨의 땅에 오신 것을 환영합니다. 못된 동쪽 마녀를 죽이셔서 노예로 살던 우리 먼치킨들을 해방해주셨으니 깊이 감사드립니다."

도로시가 듣기에는 놀라운 말이었다. 도로시를 마법사라고 부르면서 못된 동쪽 마녀를 죽였다고 하다니, 이 작은 할머니의 말은 대체 무슨 뜻일까? 도로시는 순진하고 악의 없는 소녀였고, 회오리바람에 실려 집에서 멀리 떨어진 곳에 도착했을 뿐이며 평생 무엇도 죽인 적이 없었다.

그러나 그 자그마한 노파는 대답을 기다리는 것이 분명했다. 도로시는 머뭇거리며 말했다.

"정말 친절한 분이시군요. 하지만 틀림없이 뭔가 오해하신 거예요. 저는 아무것도 죽이지 않았어요."

"아가씨의 집이 해낸 일이니 아가씨가 해낸 거나 마찬가지죠. 보세요! 지금도 마녀의 두 발이 나무토막 밑으로 뻗어나왔잖아요." 작은 노파가 웃음을 터뜨리고 집의 한쪽 귀퉁이를 가리키며 대답했다.

도로시는 그 모습을 보고 무서워서 작게 비명을 질렀다. 정말로, 집을 받치는 굵은 목재의 모서리 바로 밑에 발 두 개가 뻗어 나와 있었다. 끝이 뾰족한 은색 구두를 신은 발이었다.

"아, 이런! 어쩌면 좋아! 집이 저 사람 위로 떨어졌나 봐요. 어쩌면 좋지요?" 깜짝 놀란 도로시가 두 손을 꽉 맞잡으며 외쳤다.

"아무 일도 할 필요 없어요." 작은 여자가 차분히 말했다.

"저 사람이 누군데요?" 도로시가 물었다.

"아까 말했듯이 못된 동쪽 마녀예요. 아주 오랫동안 모든 먼치킨의 자유를 빼앗아 밤낮 노예처럼 부려먹었어요. 이제 모든 먼치킨이 자유를 되찾아, 아가씨가 베풀어준 은혜에 무척 고마워한답니다." 작은 노파가 대답했다.

"먼치킨은 누구예요?" 도로시가 물었다.

"그 못된 마녀가 다스리던 이 동쪽 나라에 사는 사람들이에요."

"당신도 먼치킨인가요?" 도로시가 말했다.

"아니에요. 나는 북쪽 나라에 사는데 먼치킨의 친구랍니다. 동쪽 마녀가 죽은 광경을 보고 먼치킨들이 재빨리 소식을 전해주었어요. 그래서 곧바로 이곳으로 왔어요. 나는 북쪽 마녀랍니다."

"어머나! 진짜 마녀라고요?" 도로시가 외쳤다.

"네, 그렇답니다." 작은 노파가 대답했다.

"하지만 착한 마녀라서, 먼치킨들이 나를 좋아하지요. 이곳을 다스렸던 그 못된 마녀보다는 힘이 약해요. 그렇지 않았다면 내가 먼치킨을 풀어주었을 거예요."

"하지만 저는 마녀들이 모두 못된 줄 알았어요." 진짜 마녀를 만나 반쯤은 겁을 먹은 소녀가 말했다.

"아니, 아니에요. 그건 큰 오해예요. 오즈의 나라를 통틀어 마녀는 넷뿐이었답니다. 그중에 북쪽과 남쪽에 사는 둘은 착한 마녀예요. 내가 그 둘 중 하나이고 착각할 리 없으니 이건 분명한 사실이에요. 동쪽과 서쪽에 사는 마녀들은 정말로 나쁜 마녀였어요. 하지만 당신이 그중 하나를 죽였으니 오즈의 나라에서 이제 못된 마녀는 하나뿐이죠. 서쪽에 사는 마녀 말이에요."

도로시는 잠시 생각에 잠겼다.

"하지만 엠 아주머니는 아주 아주 오래전에 마녀들이 모두 죽었다고 하셨는걸요."

"엠 아주머니가 누구인가요?" 자그마한 노파가 물었다.

"고향 캔자스에 사는 저희 아주머니예요."

북쪽 마녀는 잠시 생각에 잠긴 듯이 고개를 숙이고 땅을 내려다보았다. 그러다가 고개를 들고 말했다.

"캔자스라는 이름을 처음 들어서 거기가 어디인지는 모르겠군요. 하지만 혹시 문명이 발달한 나라인가요?"

"네, 맞아요." 도로시가 대답했다.

"그렇다면 말이 되는군요. 문명이 발달한 나라에는 마녀나 마법사, 마술사, 주술사가 남아 있지 않을 거예요. 하지만 보다시피 오즈의 나라는 세계의 다른 곳들과 동떨어진 탓에 문명을 경험한 적이 없죠. 그래서 이곳에는 아직 마녀와 마법사가 있답니다."

"마법사들은 누구예요?" 도로시가 물었다.

"가장 위대한 마법사는 오즈예요." 마녀가 속삭이듯이 낮은 목소리로 대답했다.

"네 마녀를 모두 합친 것보다 더 강한 분이랍니다. 에메랄드시에 살아요."

도로시가 다른 질문을 하려는 순간, 말없이 곁에 서 있던 먼치킨들이 크게 소리를 지르며 못된 마녀가 누워 있던 집 모서리를 가리켰다.

"저게 뭐지?" 작은 노파가 살펴보더니 웃음을 터뜨렸다.

죽은 마녀의 발이 완전히 사라지고 남은 것은 은빛 구두뿐이었다.

북쪽 마녀가 설명했다.

"저 마녀는 아주 나이가 많아서 햇볕에 금세 말라버린 거예요. 이게 저 마녀의 끝이죠. 하지만 은 구두는 아가씨 것이니 신도록 해요."

북쪽 마녀는 몸을 굽혀 구두를 들고 먼지를 털어낸 다음 도로시에게 건넸다.

"동쪽 마녀는 이 은 구두를 몹시 자랑스러워했어요. 이 구두에 마법의 힘이 있다는데, 저희는 그게 뭔지 몰라요." 어느 먼치킨이 말했다.

도로시는 구두를 집 안으로 들고 가 탁자에 놓아두었다. 그리고 먼치킨들이 있는 곳으로 다시 나와서 말했다.

"저는 아주머니와 아저씨가 계신 곳으로 꼭 돌아가고 싶어요. 틀림없이 걱정하실 테니까요. 돌아가는 길을 찾도록 도와주실 수 있나요?"

먼치킨들과 마녀는 처음에는 서로의 얼굴을, 그다음에는 도로시의 얼굴을 바라본 다음 고개를 저었다.

"여기서 동쪽으로 멀지 않은 곳에 넓은 사막이 있어요. 누구도 살아서 그 사막을 건너지 못할 거예요." 한 먼치킨이 말했다.

"남쪽도 마찬가지예요. 제가 가서 보았답니다. 남쪽은 쿼들링이 사는 나라예요." 또 다른 먼치킨이 말했다.

"제가 듣기로는 서쪽도 마찬가지예요. 윙키들이 사는 그 나라는 못된 서쪽 마녀가 다스리는데, 그 땅을 지나가면 노예로 만들어버릴 거예요." 세 번째 먼치킨이 말했다.

"북쪽은 내가 사는 곳이랍니다. 그 끝에도 오즈의 나라를 둘러싼 거대한 사막이 있어요. 안됐지만 아가씨, 우리와 함께 지내야겠네요." 나이 많은 북쪽 마녀가 말했다.

그 말에 도로시는 흐느끼기 시작했다. 이 낯선 사람들 사이에 있으니 외로웠다. 도로시의 눈물을 보고 마음씨 고운 먼치킨들도 슬퍼진 모양이었다. 곧바로 손수건을 꺼내 함께 눈물을 흘리기 시작했다. 북쪽 마녀는 모자를 벗고 뾰족한 부분을 코끝에 올려 균형을 잡으면서 엄숙한 목소리로 "하나, 둘, 셋." 하고 세었다. 모자는 즉시 석판으로 변했고 흰색 분필로 쓴 커다란 글자들이 보였다.

도로시를 에메랄드시로 보내라.

작은 북쪽 마녀가 코에서 석판을 내리고 그곳에 적힌 말을 읽은 다음 물었다.

"아가씨 이름이 도로시인가요?"

"네." 도로시는 고개를 들고 눈물을 훔치며 대답했다.

"그렇다면 에메랄드시로 가야 해요. 오즈가 도와줄지 몰라요."

"그 도시는 어디에 있는데요?" 도로시가 물었다.

"정확히 이 지역 한가운데에 있는데, 아까 말한 위대한 마법사 오즈가 다스리는 도시랍니다."

"그 마법사는 좋은 사람인가요?" 도로시가 걱정스레 질문했다.

"착한 마법사예요. 만난 적이 없어 그가 사람인지 아닌지는 알 수 없지만."

"그곳으로 어떻게 갈 수 있나요?" 도로시가 물었다.

"걸어가야 해요. 긴 여정이 될 거예요. 때로는 즐겁게, 때로는 어둡고 무시무시한 곳을 지나 이 나라 전체를 지나야 해요. 하지만 아가씨가 해를 입지 않도록 내가 아는 모든 마법을 쓸 거랍니다."

"저와 같이 가지 않으시나요?" 작고 나이 많은 마녀를 하나뿐인 친구로 여기기 시작한 도로시가 애원하듯이 말했다.

"아니, 그럴 수는 없어요. 하지만 아가씨에게 입을 맞춰 드릴게요. 북쪽 마녀의 입맞춤을 받은 사람을 누구도 감히 해치지 못할 거예요."

마녀는 도로시에게 다가와 이마에 살짝 입을 맞추었다.

마녀의 입술이 닿은 곳에 둥글게 빛나는 자국이 생겼다는 사실을, 도로시는 곧 알게 되었다.

"에메랄드시로 가는 길에는 노란 벽돌이 깔려 있어요. 그러니 길을 잃지 않을 거예요. 오즈를 만나면 두려워하지 말고 아가씨의 사정을 이야기하면서 도와달라고 하세요. 그럼, 잘 가요." 마녀가 말했다.

세 먼치킨은 도로시에게 허리를 굽혀 인사하며 즐거운 여행이 되기를 바란다고 말했다. 그런 다음 숲속으로 멀어졌다. 북쪽 마녀는 도로시를 향해 다정하게 고개를 살짝 끄덕인 다음, 왼쪽 발뒤꿈치를 땅에 댄 채 빙글빙글 세 바퀴 돌고는 곧바로 사라졌다. 작은 토토는 마녀가 있던 곳을 향해 컹컹 짖어댔다. 마녀가 곁에 서 있을 때는 겁이 나서 으르렁거리지도 못했지만 마녀가 사라지자 깜짝 놀란 탓이었다.

하지만 그가 마녀라는 사실을 아는 도로시는 마녀가 당연히 그런 식으로 사라지리라고 생각했으므로 조금도 놀라지 않았다.

허수아비를 구한 도로시

혼자 남겨진 도로시는 배가 고팠다. 찬장으로 가서 빵을 조금 자르고 버터를 발라 먹었다. 토토에게도 조금 나눠준 뒤, 선반에서 양동이를 꺼내 작은 개울가로 들고 가서는 반짝거리는 맑은 물을 가득 담았다. 토토는 나무들이 있는 곳으로 달려가 거기 앉은 새들을 향해 짖어대기 시작했다. 도로시는 토토를 데리러 갔다가 나뭇가지에 달린 먹음직스러운 열매를 보고 몇 개 땄는데, 아침 식사에 곁들일 음식으로 도로시가 딱 바라던 것이었다.

도로시는 집으로 돌아가 토토와 함께 맑고 시원한 물을 실컷 마신 다음, 에메랄드시로 떠날 준비를 하기 시작했다.

도로시의 여벌 옷은 하나뿐이었지만 마침 깨끗한 상태로 침대 옆의 못에 걸려 있었다. 흰색과 파란색 체크무늬 면 원피스였다. 여러 번 빨아 파란색이 약간 흐릿했지만 그래도 예쁜 옷이었다. 도로시는 정성스럽게 얼굴을 씻고 깨끗한 면 원피스를 입은 다음 챙이 넓은 분홍색 모자를 쓰고 모자 끈을 묶었다. 작은 바구니를 꺼내 찬장에서 가져온 빵을 가득 담고 흰 천으로 덮었다. 그런 다음 발을 내려다보았다가 신발이 몹시 낡고 닳았다는 사실을 깨달았다.

"이 신발은 분명 긴 여행을 버텨내지 못할 거야, 토토." 도로시가 말했다.

토토는 작고 검은 눈으로 도로시의 얼굴을 올려다보며 무슨 말인지 알겠다는 듯이 꼬리를 흔들었다.

바로 그때, 탁자에 놓아둔 동쪽 마녀의 구두가 눈에 띄었다.

"나에게 맞을지 모르겠어. 저 구두는 쉽게 닳지 않아서 오래 걷기에 참 좋을 텐데." 도로시가 토토에게 말했다.

도로시는 낡은 가죽 신발을 벗고 은 구두를 신어보았다. 도로시의 발에 맞춘 듯이 딱 맞았다.

마침내 도로시는 바구니를 들었다.

"이리 와, 토토. 에메랄드시로 가서 위대한 오즈에게 캔자스로 돌아가는 방법을 물어보자." 도로시가 말했다.

도로시는 문을 닫고 잠근 다음 열쇠를 원피스 주머니에 신중하게 넣었다. 그리고는 총총거리며 침착하게 뒤따르는 토토와 함께 길을 나섰다.

근처에 길이 여러 갈래 있었지만 노란 벽돌이 깔린 길을 금세 찾아낼 수 있었다. 도로시는 어느새 에메랄드시를 향해 활기차게 걷고 있었고 은 구두가 단단한 노란 벽돌 길에 부딪치는 소리가 경쾌하게 울려 퍼졌다. 해는 밝게 빛나고 새들은 즐겁게 노래했다. 고향에서 갑자기 멀리 날아와 낯선 땅 한복판에 떨어진 소녀라면 마음이 울적하기 마련이건만, 도로시는 그렇지 않았다.

길을 걷는 동안 보이는 주변 풍경이 얼마나 아름다운지 놀랍기만 했다. 파란색으로 산뜻하게 칠한 울타리가 길 양쪽에 깔끔하게 줄지어 섰고 울타리 너머 펼쳐진 들판에는 곡식과 채소가 가득했다. 먼치킨들은 작물을 풍성하게 키워내는 훌륭한 농부임에 틀림없었다. 가끔 집을 지나칠 때면 사람들이 길을 걷는 도로시를 보러 나와서 허리 굽혀 인사했다. 도로시 덕분에 못된 동쪽 마녀가 죽고 자유로워졌다는 사실을 모두 알게 된 것이다. 먼치킨들의 집은 둥근 통에 둥근 지붕을 얹어 생김새가 이상했다. 이 동쪽 나라 사람들은 파란색을 가장 좋아해서 집도 모두 파란색이었다.

저녁이 가까워지고 오래 걸어 지친 도로시가 어디에서 밤을 보낼지 고민할 무렵, 다른 집보다 훨씬 큰 집이 나타났다. 집 앞의 녹색 잔디밭에서 많은 사람이 춤을 추고 있었다. 자그마한 악사 다섯 명이 소리 높여 악기를 연주했고 사람들은 웃고 노래했으며, 옆에 놓인 커다란 탁자에는 맛 좋은 과일과 파이, 케이크까지 먹음직스러운 갖가지 음식이 가득했다.

사람들은 도로시를 다정하게 맞이하며 저녁을 먹은 뒤 하룻밤 묵고 가라고 부탁했다. 이 집은 이 고장에서도 큰 부자로 손꼽히는 먼치킨의 집으로, 못된 마녀의 손에서 벗어나 자유를 되찾은 것을 기념하려고 집주인이 친구들을 불러 모아 잔치를 열었다.

도로시는 음식을 실컷 먹었고 집주인인 부자 먼치킨 보크가 직접 시중을 들었다. 식사를 마친 도로시는 긴 의자에 앉아 춤추는 사람들을 지켜보았다.

보크가 도로시의 은 구두를 보고 말했다.

"아가씨는 위대한 마법사이신 게 분명하군요."

"왜요?" 도로시가 물었다.

"못된 마녀를 죽였고 은 구두를 신고 있으니까요. 게다가 흰색 드레스를 입고 계신데 마녀와 마법사 들만 흰색 옷을 입는답니다."

"파란색과 흰색 체크무늬 옷인걸요." 도로시가 옷에 잡힌 주름을 펴면서 말했다.

"바로 그래서 친절한 분이시라는 겁니다. 파란색은 먼치킨의 색이고 흰색은 마녀의 색이지요. 그래서 우리는 아가씨가 친절한 마녀라는 사실을 안답니다." 보크가 말했다.

도로시는 뭐라고 대답해야 할지 알 수 없었다. 모두가 도로시를 마녀라고 생각하는 것 같았지만, 사실은 회오리바람에 실려 우연히 낯선 땅에 도착한 평범한 소녀일 뿐임을 스스로 잘 알기 때문이었다.

도로시가 춤 구경에 싫증 날 무렵, 보크는 도로시를 집 안으로 데려가 예쁜 침대가 놓인 방으로 안내했다. 파란색 천으로 만든 침대보가 깔려 있었다. 도로시는 침대에 들어가 아침까지 단잠을 잤으며, 토토는 옆에 있는 파란 양탄자 위에서 몸을 둥글게 말고 잠들었다.

도로시는 배불리 아침을 먹고, 자그마한 먼치킨 아기가 토토와 놀면서 꼬리를 잡아당기고 소리를 지르고 까르르 웃는 모습을 아주 즐겁게 지켜보았다. 이 나라 사람들은 개를 한 번도 본 적이 없었기 때문에 토토를 무척 신기하게 여겼다.

"에메랄드시까지 얼마나 가야 할까요?" 도로시가 물었다.

"저도 모릅니다. 가본 적이 없으니까요. 오즈에게 볼일이 없으면 오즈를 멀리하는 편이 우리에게는 좋답니다. 하지만 에메랄드시까지는 먼 길이니 오래 걸릴 거예요. 이 나라는 풍요롭고 기분 좋은 곳이지만, 목적지에 닿기까지 거칠고 위험한 곳을 지나야 할 겁니다." 보크가 진지하게 대답했다.

도로시는 조금 걱정이 되었지만 캔자스로 돌아가도록 도와줄 사람이 위대한 오즈뿐임을 알았기에 발길을 돌리지 않기로 용감하게 마음먹었다.

　도로시는 먼치킨들에게 작별 인사를 건네고 다시 노란
벽돌 길을 따라 걷기 시작했다. 몇 킬로미터쯤 걷다보니 잠
시 멈추고 쉬어야겠다는 생각이 들었다. 도로시는 길가에 세
워진 울타리 위에 걸터앉았다. 울타리 너머로 넓은 옥수수밭
이 펼쳐졌고 멀지 않은 곳에 허수아비가 보였는데, 새들이
잘 익은 옥수수를 쪼아 먹지 않도록 장대 위에 높이 매달아
둔 것이었다.

　도로시는 한 손으로 턱을 괴고 허수아비를 바라보며 생
각에 잠겼다. 허수아비의 머리는 짚을 채운 작은 자루였고
얼굴을 표현하려고 물감으로 그려 넣은 눈, 코, 입이 있었다.
어느 먼치킨의 것이었을 낡고 뾰족한 파란 모자를 머리에 썼
으며 몸통은 낡고 빛바랜 파란색 옷이었는데 역시 짚으로 채
워져 있었다. 발에는 이 나라의 모든 사람처럼 파란색 안감
이 보이는 낡은 장화를 신었고 등에 장대가 꽂혀 옥수수 줄
기 위로 몸이 솟아 있었다.

　도로시는 물감으로 그린 그 기묘한 얼굴을 빤히 바라보
다가 허수아비의 한쪽 눈이 윙크하는 모습을 보고는 깜짝 놀
랐다. 캔자스에서는 허수아비가 윙크한 적이 한 번도 없었기
때문에 처음에는 착각이라고 생각했다. 그러나 곧 허수아비
가 도로시를 향해 다정하게 고개를 끄덕였다. 도로시는 울타

리에서 내려와 그쪽으로 다가갔다. 그동안 토토는 컹컹 짖어 대며 장대 주위를 뛰어다녔다.

"안녕." 허수아비가 약간 쉰 목소리로 인사했다.

"네가 말한 거야?" 도로시가 놀라서 물었다.

"물론이지. 어떻게 지내니?" 허수아비가 대답했다.

"아주 잘 지내, 고마워. 너는 어때?" 도로시가 예의 바르게 대답했다.

"기분이 별로 좋지 않아. 밤낮 여기 매달려 까마귀를 쫓아내는 생활은 지루하기 짝이 없단다." 허수아비가 미소를 지으며 말했다.

"내려올 수 없어?" 도로시가 물었다.

"못해. 이 장대가 내 등에 꽂혀 있거든. 네가 나를 장대에서 빼준다면 엄청 고마울 텐데."

도로시는 두 팔을 뻗어 허수아비를 장대에서 들어 올렸다. 짚으로 채워진 몸이라서 매우 가벼웠다.

"정말 고마워. 새사람이 된 기분이야." 바닥으로 내려오자 허수아비가 말했다.

도로시는 얼떨떨했다. 짚으로 속을 채운 사람이 하는 말을 듣다니, 그리고 그 사람이 인사한 다음 곁에서 함께 걷는 모습을 보다니 묘한 일이었다.

"넌 누구니? 그리고 어디로 가는 중이야?" 허수아비가 기지개를 켜고 하품을 하면서 물었다.

"내 이름은 도로시야. 위대한 오즈에게 나를 다시 캔자스로 보내달라는 부탁을 하려고 에메랄드시로 가는 중이야." 소녀가 말했다.

"에메랄드시가 어디에 있는데? 오즈는 또 누구고?" 허수아비가 물었다.

"아니, 그걸 몰라?" 도로시가 놀라서 대답했다.

"응, 맞아. 나는 아무것도 몰라. 보다시피 짚으로 채운 몸이라 두뇌가 없거든." 허수아비가 서글프게 대답했다.

"아, 정말 안타까운 일이구나." 도로시가 말했다.

"너와 함께 에메랄드시로 가면, 오즈가 나에게 두뇌를 줄까?"

"모르겠어. 하지만 원한다면 함께 가도 좋아. 오즈가 두뇌를 주지 않더라도 지금보다 상황이 더 나빠지진 않을 거야." 도로시가 대답했다.

"그건 그래. 있잖아, 팔과 다리와 몸이 짚으로 채워졌지만 난 괜찮아. 다치지 않으니까. 누가 발가락을 밟거나 핀으로 찔러도 상관없어. 아픔을 느끼지 못하니까. 하지만 사람들이 나를 바보라고 부르는 건 싫어. 머리에 너처럼 두뇌가 들어 있지 않고 평생 이렇게 짚만 든 채로 살게 된다면, 그 어떤 것도 깨달을 수 없게 되지 않을까?" 허수아비가 비밀스럽게 말했다.

"어떤 기분인지 알겠어. 나와 함께 가면, 오즈에게 너를 위해 할 수 있는 일을 모두 해달라고 부탁할게." 도로시는 허수아비를 진심으로 가엾게 느끼며 이렇게 말했다.

"고마워." 허수아비가 기쁜 마음으로 대답했다.

둘은 다시 길 쪽으로 걸었다. 도로시는 허수아비가 울타리를 넘도록 도와주었고, 에메랄드시로 이어진 노란 벽돌 길을 함께 걷기 시작했다.

처음에 토토는 새로 생긴 길동무가 마음에 들지 않았다. 지푸라기 속에 쥐들이 우글거리는 건 아닌지 의심스럽다는 듯이 허수아비의 몸을 여기저기 킁킁거렸다. 가끔은 허수아비를 향해 달갑지 않은 표정으로 으르렁거렸다.

"토토는 신경 쓰지 마. 절대 물지 않아." 도로시가 새로운 친구에게 말했다.

"아, 난 무섭지 않아. 지푸라기를 다치게 하진 못해. 바구니는 내가 들게. 피로를 느낄 수 없으니 아무렇지도 않아. 비밀 하나 말해줄까?" 허수아비는 이렇게 대답하고 길을 걸으며 말을 이었다.

"세상에서 내가 무서워하는 게 딱 하나 있어."

"그게 뭔데? 널 만든 먼치킨 농부?" 도로시가 물었다.

"아니. 불붙인 성냥이야." 허수아비가 대답했다.

숲속 길

몇 시간이 지나자 길이 험해졌고, 걷기가 매우 힘들어 허수아비는 울퉁불퉁한 노란 벽돌에 걸려 넘어지기 일쑤였다. 사실 가끔은 길이 끊기거나 아예 사라지고 구덩이만 남아, 토토는 펄쩍 뛰어 건너고 도로시는 옆으로 돌아갔다. 두뇌가 없는 허수아비는 앞으로 곧장 걸어가다가 구덩이에 발이 빠지는 바람에, 단단한 벽돌 위로 쾅당 엎어졌다. 그러나 다치지는 않았고 도로시가 일으켜주면 자기가 저지른 실수를 즐겁게 웃어넘기며 도로시와 다시 길을 걸었다.

이곳의 농장은 한참 전에 지난 농장들처럼 잘 관리된 모습이 아니었다. 집과 과일나무도 드물었고 깊숙이 들어갈수록 풍경이 더 음산하고 쓸쓸해졌다.

정오에 일행은 길가의 작은 개울 옆에 앉았고, 도로시가 바구니의 덮개를 치우고 빵을 꺼냈다. 허수아비에게 한 조각

내밀었지만 허수아비는 받지 않았다.

"배가 전혀 고프지 않아. 다행이지, 내 입은 그려진 것이 니까. 음식을 먹을 수 있도록 입에 구멍을 뚫는다면 몸속에서 짚이 빠져나올 테고, 그러면 머리 모양이 망가질 거야."

허수아비가 말했다.

도로시는 그 말이 옳다는 사실을 곧바로 깨닫고 고개를 끄덕인 다음 빵을 먹기 시작했다.

"너와 네 고향 이야기 좀 해줘." 도로시가 식사를 마치자 허수아비가 말했다. 도로시는 캔자스는 모든 것이 잿빛이며 회오리바람을 타고 이 이상한 오즈의 나라에 왔다고 이야기 했다.

허수아비는 주의 깊게 듣더니 말했다.

"네가 왜 이 아름다운 나라를 떠나서 캔자스라는 메마른 잿빛 땅으로 돌아가려고 하는지 모르겠어."

"그건 너에게 두뇌가 없어서 그래. 피와 살이 있는 우리 사람들은 다른 곳이 몹시 아름다워도 고향에 살고 싶어 한단다. 고향이 제아무리 황량하고 잿빛이라고 해도 말이야. 고향처럼 좋은 곳은 없어." 도로시가 말했다.

허수아비는 한숨을 쉬었다.

"당연히 난 이해 못 해. 나처럼 머리가 짚으로 채워졌다면 아마 다들 아름다운 곳에서만 살 테고, 그러면 캔자스에는 아무도 없겠지. 너에게 두뇌가 있으니 캔자스에는 참 다행이야." 허수아비가 말했다.

"쉬는 동안 네 얘기도 들려주지 않을래?" 도로시가 물었다.

허수아비는 원망스럽다는 듯이 도로시를 바라보다가 대답했다.

"내 인생은 너무 짧아서 뭐가 뭔지 나도 몰라. 나는 그저께 만들어졌을 뿐이야. 그전에 세상에서 일어난 일은 하나도 모른단다. 다행히도 농부가 내 머리를 만들 때 가장 먼저 귀를 그려주었기 때문에 무슨 일이 벌어지고 있는지는 들을 수 있었지. 그 농부 외에 먼치킨이 한 명 더 있었는데, 내가 가장 먼저 들은 소리는 농부가 '이 귀 어때?'라고 한 말이야.

'비뚤어졌는데.' 다른 먼치킨이 대답했지.

'아무렴 어때. 그래도 귀는 귀니까.' 농부가 말했는데 정말 사실이었지.

'이제 눈을 그려야겠어.' 농부가 말했어. 농부는 내 오른쪽 눈을 그렸고 그리기가 끝나자마자 나는 호기심으로 가득해 농부와 내 주변을 샅샅이 살펴보았지. 처음 본 세상이었으니까.

'눈이 꽤 예쁘군. 파란색이 눈 색깔로는 딱 좋지.' 농부를 지켜보던 먼치킨이 말했어.

'다른 쪽 눈은 좀 더 크게 그려야겠어.' 농부가 말했어. 두 번째 눈이 완성되자 전보다 훨씬 잘 보이더군. 그다음에 농부는 코와 입을 그렸지만 나는 말을 하지 않았어. 그때는 입을 어디에 쓰는 건지 몰랐거든. 나는 두 먼치킨이 내 몸과 팔, 다리를 만드는 과정을 즐겁게 구경했어. 마지막으로 머리가 몸통에 붙었을 때 나는 아주 자랑스러웠지. 다른 사람들처럼 번듯한 인간이 되었다고 생각했거든.

'이 녀석을 보면 까마귀들이 쏜살같이 달아나겠어. 진짜 사람처럼 생겼잖아.' 농부가 말했어.

'아니, 진짜 사람이야.' 다른 먼치킨이 그렇게 말했는데, 내 생각도 그랬어. 농부는 나를 옆구리에 끼고 옥수수밭으로 데려갔고 네가 나를 발견한 그 높은 장대에 매달아버렸어. 농부와 친구는 곧 자리를 떠나고 나 혼자 남았지.

나는 그런 식으로 버림받기 싫었어. 그래서 뒤따라가려고 했지만 발이 땅에 닿지 않아 어쩔 수 없이 그 장대에 남아야 했어. 바로 조금 전에 만들어졌으니 달리 생각할 거리도 없어서 쓸쓸했지. 여러 까마귀와 새가 옥수수밭에 날아들었다가 나를 보자마자 먼치킨인 줄 알고 다시 날아가버렸어. 그 광경을 보니 기분이 좋았고, 중요한 사람이 된 듯한 기분이 들었어. 그런데 곧 늙은 까마귀 한 마리가 가까이 날아와서 나를 유심히 바라보더니 내 어깨에 내려앉아서 말하더군.

'농부가 이렇게 서투른 솜씨로 나를 속이려 할 줄이야! 분별력 있는 까마귀라면 네가 짚으로 만들어졌다는 사실을 눈치챌 텐데.' 그러더니 내 발치로 뛰어내려 옥수수를 마음껏 먹더구나. 다른 새들은 내가 그 까마귀를 해치지 않는 걸 보고 옥수수를 먹으러 왔고, 순식간에 엄청나게 많은 새가 주위로 몰려들었어.

슬픈 광경이었어. 내가 그다지 훌륭한 허수아비는 아니라는 뜻이었으니까. 하지만 늙은 까마귀가 나를 위로했지.

'네 머릿속에 두뇌가 있으면 너는 다른 사람 못지않게, 아니 어떤 사람들보다도 더 훌륭한 사람이 될 거다. 이 세상에서 가치 있는 것은 두뇌뿐이야. 까마귀건 사람이건 마찬가지지.'

그 까마귀가 떠난 뒤에 그 말을 곰곰이 생각해봤어. 그리고 두뇌를 얻기 위해 열심히 노력하기로 마음먹었지. 다행히도 네가 나타나서 나를 그 장대에서 내려주었고. 네 말을 들어보니 우리가 에메랄드시에 도착하면 곧 위대한 오즈가 나에게 두뇌를 줄 거라는 생각이 들었어."

"그러면 좋겠다. 네가 정말 가지고 싶어 하는 것 같으니까 말이야." 도로시가 진심으로 말했다.

"그래, 맞아. 정말 갖고 싶어. 자기 자신이 바보라는 사실을 알면 기분이 나쁘거든." 허수아비가 대답했다.

"자, 가자." 도로시가 이렇게 말하며 허수아비에게 바구니를 건넸다.

이제 길가에는 울타리가 없었고 땅은 일구지 않아 거칠었다. 저녁 무렵 큰 숲에 도착했는데, 나무가 아주 크고 울창하게 자라 노란 벽돌 길 위로 나뭇가지가 맞물린 모습이 보였다. 나뭇가지가 햇빛을 막아서 나무 아래는 거의 밤처럼 어두웠다. 그러나 나그네들은 멈추지 않고 숲속으로 계속 걸음을 옮겼다.

"들어가는 길이 있으면 틀림없이 나가는 길도 있을 거야. 그리고 에메랄드시가 그 길 끝에 있다면, 우리는 길이 이끄는 대로 따라가야 해" 허수아비가 말했다.

"누구나 아는 사실이야." 도로시가 말했다.

"당연하지. 그래서 나도 아는 거야. 두뇌가 있어야 아는 사실이라면 내 입에서 그런 말이 나올 리 없잖아."

한 시간쯤 지나자 빛이 희미해졌고 도로시와 친구들은 어둠 속에서 비틀거렸다. 도로시는 앞을 전혀 볼 수 없었지만, 토토는 달랐다. 어둠 속에서도 앞을 잘 보는 개들이 있기 마련이고, 허수아비는 대낮처럼 사방이 훤히 보인다고 말했다. 그래서 도로시는 허수아비의 팔을 붙잡고 그럭저럭 순조롭게 걸었다.

"집이나, 밤을 보낼 만한 곳이 보이면 말해줘. 어둠 속을 걸으려니 정말 불편해." 도로시가 말했다.

얼마 지나지 않아 허수아비가 걸음을 멈추었다.

"바로 앞에 통나무와 나뭇가지로 지은 작은 집이 하나 보여. 저기로 갈까?"

"그래, 어서 가자. 이젠 정말 몸에 힘이 하나도 없어." 도로시가 대답했다.

허수아비는 도로시를 데리고 나무 사이를 지나 작은 집에 도착했다. 들어가보니 한쪽 구석에 마른 나뭇잎으로 만든 침대가 하나 있었다. 도로시는 즉시 침대로 쓰러졌고 곁에 엎드린 토토와 함께 금세 깊은 잠에 빠졌다. 피곤을 모르는 허수아비는 다른 쪽 구석에 서서 아침이 오기를 끈기 있게 기다렸다.

양철 나무꾼 구출

도로시가 잠에서 깼을 때, 햇살은 나무 사이로 반짝거리고 토
토는 한참 전부터 주변에 날아든 새와 다람쥐를 뒤쫓는 중이
었다. 도로시는 몸을 일으켜 주변을 살폈다. 허수아비는 여전
히 방 한쪽에 끈기 있게 서서 도로시를 기다리고 있었다.

"나가서 물을 찾아봐야 해." 도로시가 허수아비에게 말
했다.

"물이 왜 필요한데?" 허수아비가 물었다.

"걸어오면서 더러워진 얼굴을 씻어야 하고 마실 물도 필
요해. 마른 빵을 먹다가 목이 메지 않도록 말이야."

"사람의 몸으로 사는 건 참 불편하겠구나. 잠을 자고 음
식을 먹고 물을 마셔야 하잖아. 하지만 사람에게는 두뇌가
있고, 제대로 생각할 수만 있다면 불편한 점이 많아도 참을
만하겠지." 곰곰이 생각하던 허수아비가 말했다.

둘은 오두막을 나와서 숲을 걷다가 깨끗한 물이 솟는 옹 달샘을 발견했다. 도로시는 물을 마시고 세수를 한 뒤 아침을 먹었다. 바구니에 빵이 얼마 남지 않은 것을 보고, 허수아 비가 음식을 먹지 않아도 되다니 고마운 일이라고 생각했다. 토토와 둘이 그날 하루 먹기에도 모자란 양이었기 때문이다.

아침 식사를 마치고 노란 벽돌 길로 되돌아가려는데, 가 까이에서 나지막하게 끙끙거리는 소리가 들려와서 도로시는 깜짝 놀랐다.

"무슨 소리지?" 도로시가 무서워하며 물었다.

"짐작도 못 하겠는걸. 하지만 가서 살펴보면 되지." 허수 아비가 대답했다.

그때 또다시 끙끙거리는 소리가 들렸다. 뒤쪽에서 들리 는 것 같았다. 도로시는 몸을 돌려 허수아비와 함께 숲속을 몇 걸음 걸었는데 나무 사이에서 햇빛을 받아 반짝거리는 물 체가 눈에 띄었다. 도로시는 그곳으로 달려갔다가 놀라서 짧 게 비명을 지르며 우뚝 멈춰 섰다.

조금 베다 만 커다란 나무가 한 그루 있고 그 옆에는 온 몸이 양철로 만들어진 사람이 도끼를 높이 치켜들고 있었다. 머리와 팔다리가 관절로 몸통에 연결되었는데, 꼼짝할 수 없 다는 듯이 몸이 굳은 채 서 있었다.

도로시는 놀란 얼굴로 그를 바라보았고 허수아비도 마

찬가지였다. 토토는 날카롭게 짖어대며 양철 다리를 덥석 물었지만 이빨만 아플 뿐이었다.

"네가 끙끙거리는 소리를 냈어?" 도로시가 물었다.

"그래, 내가 그랬어. 1년이 넘도록 끙끙거렸는데 내 소리를 듣거나 도와주러 온 사람이 하나도 없었지." 양철로 만든 사람이 대답했다.

"어떻게 도와줄까?" 도로시는 양철 사람의 서글픈 목소리를 듣고 마음이 뭉클해 부드럽게 물었다.

"기름통을 가져와서 내 관절에 발라줘." 양철 사람이 대답했다.

"관절이 심하게 녹슬어서 꼼짝도 할 수가 없어. 기름을 잘 발라주면 금세 회복될 거야. 기름통은 내 오두막 선반에 있어." 도로시는 곧장 오두막으로 달려가서 기름통을 찾았고 되돌아와서 걱정스럽게 물었다.

"어디가 관절이야?"

"우선 목에 기름칠을 해주렴." 양철 나무꾼이 대답했다. 도로시는 목에 기름을 칠해주었고 심하게 녹슨 탓에 허수아비가 양철 머리를 붙잡고 자유롭게 움직일 수 있을 때까지 이쪽저쪽 조심스레 돌려주어야 했다. 그런 다음에야 양철 나무꾼은 스스로 고개를 돌릴 수 있게 되었다.

"이제 내 팔의 관절에 기름을 칠해줘." 양철 나무꾼이 말했다. 도로시가 기름을 발랐고 허수아비는 나무꾼의 양팔에서 녹이 떨어지고 새것처럼 말짱해질 때까지 조심스럽게 구부렸다 펴주었다.

양철 나무꾼은 만족스럽게 한숨을 내쉬며 팔을 내리고 도끼를 나무에 기대 세웠다.

"정말 편안하군. 녹슨 뒤로 내내 저 도끼를 공중에 치켜들고 있었어. 드디어 내려놓게 되어 다행이야. 이제 다리 관절에 기름칠을 해주면 다시 모든 게 괜찮아질 거야." 나무꾼이 말했다.

도로시와 허수아비는 양철 나무꾼이 다리를 마음대로 움직일 때까지 기름을 발라주었다. 양철 나무꾼은 아주 예의 바른 사람인지, 자유를 되찾아준 둘에게 매우 고마워하며 여러 번 인사했다.

"너희가 오지 않았다면 평생 그곳에 서 있었을지도 몰라. 그러니 너희는 내 목숨을 구한 셈이야. 어쩌다 여기까지 오게 되었어?" 나무꾼이 말했다.

"우리는 위대한 오즈를 만나러 에메랄드시로 가는 길이야. 밤을 보내려고 너희 집에 들렀단다." 도로시가 대답했다.

"오즈는 왜 만나려고?" 양철 나무꾼이 물었다.

"나를 캔자스로 돌려보내달라고 부탁할 거야. 허수아비는 머릿속에 두뇌를 조금 넣어주기를 바라고." 도로시가 대답했다.

양철 나무꾼은 잠시 깊은 생각에 잠긴 모습이었다.

"오즈가 내게 심장을 줄 수 있을까?" 나무꾼이 말했다.

"음, 아마도. 허수아비에게 두뇌를 주는 것만큼 쉬울 거야." 도로시가 대답했다.

"그렇겠지. 나를 일행으로 받아준다면 에메랄드시로 함께 가서 오즈에게 도와달라고 해야겠어."

"같이 가자." 허수아비가 다정하게 말했고, 도로시는 함께 가면 즐겁겠다고 덧붙였다. 양철 나무꾼은 도끼를 어깨에 얹었고 모두 숲을 지나 마침내 노란 벽돌이 깔린 길에 이르렀다.

양철 나무꾼은 기름통을 도로시의 바구니 속에 담아달라고 했다.

"혹시라도 내가 비에 흠뻑 젖어 다시 녹이 슬면 기름통이 꼭 필요할 테니까." 양철 나무꾼이 말했다.

새로운 길동무가 생긴 것은 다행스러운 일이었다. 여정이 다시 시작된 뒤, 곧 나뭇가지가 빽빽하게 우거져 나그네들이 지나갈 수 없는 곳에 이르렀기 때문이다. 양철 나무꾼이 도끼를 들고 나서서 나무를 아주 깔끔하게 잘라내 도로시일행이 모두 지나갈 길을 금세 열어주었다.

함께 걷는 동안 도로시는 생각에 골똘한 나머지 허수아

비가 구덩이에 발이 걸려 길옆으로 나자빠졌을 때도 알아차리지 못했다. 결국 허수아비는 몸을 일으켜달라고 도로시에게 외쳐야만 했다.

"왜 구덩이를 피해 걷지 않았어?" 양철 나무꾼이 물었다.

"난 아는 게 별로 없어. 알겠지만 내 머리는 짚으로 채워졌잖아. 그래서 두뇌를 얻으려고 오즈를 찾아가는 중이야." 허수아비가 쾌활하게 대답했다.

"아, 그렇군. 하지만 어쨌든 세상에서 가장 멋진 건 두뇌가 아니야." 양철 나무꾼이 말했다.

"너한테는 두뇌가 있어?" 허수아비가 물었다.

"아니, 내 머리도 텅 비었어. 하지만 한때는 두뇌가 있었고 심장도 있었지. 그러니까 둘 다 가져본 경험에 따르면, 난 심장을 갖는 쪽이 훨씬 좋아." 나무꾼이 대답했다.

"이유가 뭔데?" 허수아비가 물었다.

"내 이야기를 들려줄게. 그러면 알게 될 거야."

숲을 지나는 동안 양철 나무꾼은 이야기를 들려주었다.

"나는 숲에서 나무를 베는 나무꾼의 아들로 태어났어. 어른이 되어 나도 나무꾼이 되었고. 아버지가 돌아가시고 어머니가 살아계시는 동안에는 내가 어머니를 돌보았지. 어머니가 돌아가시자, 혼자 살지 않고 결혼을 하기로 마음먹었어. 외롭지 않도록 말이야.

아주 아름다운 먼치킨 아가씨가 있었어. 나는 금세 그 아가씨를 열렬히 사랑하게 되었단다. 그 아가씨는 내가 더 좋은 집을 지어줄 만큼 돈을 많이 벌면 곧바로 나와 결혼하겠다고 했어. 그래서 나는 전보다 더 열심히 일을 했지. 하지만 그 아가씨와 함께 사는 노파는 딸을 누구와도 결혼시키고 싶어 하지 않았어. 너무 게을러서 딸이 자기 곁에 남아 요리와 집안일을 도맡아주길 바랐거든. 노파는 못된 동쪽 마녀를 찾아갔고 양 두 마리와 암소 한 마리를 줄 테니 우리의 결혼을 막아달라고 했어. 그러자 못된 동쪽 마녀가 내 도끼에 마법을 걸었어. 내가 되도록 빨리 새집과 아내를 얻고 싶어 온 힘을 다해 나무를 베고 있던 어느 날, 도끼가 갑자기 미끄러지듯이 내 손에서 벗어나 왼쪽 다리를 잘라버렸지.

처음에는 엄청난 불행 같았어. 다리가 하나뿐인 사람은 훌륭한 나무꾼이 될 수 없다는 사실을 알았으니까. 그래서 양철공을 찾아가 양철로 새 다리를 만들어달라고 말했어. 익숙해지고 나니 양철 다리는 쓸모가 아주 많았지. 하지만 못된 동쪽 마녀는 그런 내 행동에 화가 났던 모양이야. 어여쁜 먼치킨 아가씨와 나의 결혼을 막기로 노파와 약속했으니까. 다시 나무를 베기 시작했을 때, 도끼가 미끄러지면서 내 오른쪽 다리를 잘라버렸어. 이번에도 나는 양철공을 찾아갔고 그는 양철로 다리를 또 하나 만들어주었지. 그 뒤로 마법에 걸린 도끼가 내 팔을 하나씩 잘라버렸어. 하지만 주눅들 필요는 없었어. 양철로 바꿔 달았으니까. 결국 못된 마녀는 도끼가 미끄러져 내 머리를 자르도록 마법을 부렸지. 처음에는 내 삶이 끝난 줄 알았어. 하지만 양철공이 우연히 찾아왔다가 양철로 새 머리를 만들어주었단다.

그때 나는 내가 못된 마녀를 이겼다고 생각했고, 전보다 더 열심히 일했어. 하지만 내 적수가 얼마나 잔혹한지 몰랐던 거야. 마녀는 아름다운 먼치킨 아가씨에 대한 내 사랑을 파괴하려고 새로운 방법을 생각해냈어. 내 도끼는 다시 미끄러지면서 내 몸을 곧장 뚫고 들어와 나를 두 동강 내고 말았어. 이번에도 양철공이 나를 도우러 왔고 양철로 몸을 만들어서 내 양철 팔과 다리, 머리를 관절로 이어 붙여주었어. 내가 전처럼 잘 움직일 수 있도록 말이야. 하지만, 아아! 이제 내게는 심장이 없어서 먼치킨 아가씨에 대한 사랑을 모조리 잃고 말았고, 결혼을 하건 말건 신경 쓰지 않게 되었어. 아마 아가씨는 아직도 노파와 살면서 내가 찾아오기를 기다리고 있을 거야.

나는 햇볕에 반짝반짝 빛나는 몸이 무척 자랑스러웠고 이제는 도끼가 미끄러진들 몸을 벨 수 없을 테니 아무래도 좋았어. 위험은 단 하나였어. 관절이 녹스는 것. 그래서 나는 오두막에 기름통을 두고 필요할 때마다 몸에 기름을 바르며 손질했어. 하지만 어느 날 그 일을 깜빡 잊었는데, 관절이 녹슬어 위험하다는 생각이 들기도 전에 폭풍우를 만났어. 그리고 너희가 나를 도와주러 올 때까지 숲속에 계속 서 있었지. 견디기에 참 끔찍한 시간이었지만, 거기 서서 보낸 일 년 동안 생각할 기회가 생겼고 내가 갖고 있다가 잃어버린 것 중 가장 중요한 부분이 바로 심장이라는 사실을 깨달았지. 사랑에 빠진 동안 나는 세상에서 가장 행복한 사람이었단다. 하지만 심장이 없으면 누구도 사랑할 수 없어. 그러니까 나는 오즈에게 심장을 달라고 부탁할 거야. 그렇게 해준다면, 나는 다시 먼치킨 아가씨를 찾아가 결혼할 거야."

도로시와 허수아비는 양철 나무꾼의 이야기에 흥미진진하게 귀를 기울였다. 둘 다 이제는 양철 나무꾼이 왜 그토록 새 심장을 얻고 싶어 하는지 알게 되었다.

"그래도 나는 심장 대신 두뇌를 달라고 할 거야. 바보는 심장이 있어도 그걸로 뭘 해야 하는지 모를 테니까." 허수아비가 말했다.

"난 심장을 가질 거야. 두뇌가 있다고 행복해지는 건 아니야. 그리고 행복이야말로 세상에서 가장 좋은 거지." 양철 나무꾼이 대답했다.

도로시는 두 친구 중 누구의 말이 옳은지 도무지 알 수가 없어서 아무 대꾸도 하지 않았다. 그리고 엠 아주머니가 있는 캔자스로 돌아갈 수만 있다면, 나무꾼에게 심장이 없고 허수아비에게 두뇌가 없어도 상관없다고, 각각 바라는 것을 얻든지 말든지 중요한 문제가 아니라고 결론을 내렸다.

가장 걱정스러운 점은 빵이 거의 바닥났다는 사실이었고 도로시와 토토가 한 번 더 식사하면 바구니가 텅 비고 말 터였다. 양철 나무꾼과 허수아비는 둘 다 음식을 전혀 안 먹었지만, 도로시는 양철이나 짚으로 만들어지지 않았으니 먹지 않으면 살 수가 없었다.

겁쟁이 사자

도로시와 친구들은 줄곧 울창한 숲 사이를 걸었다. 길에는 여전히 노란 벽돌이 깔려 있었지만 나무에서 떨어진 마른 나뭇가지와 낙엽이 잔뜩 쌓여 걷기 불편했다.

숲의 이쪽 부분에는 새가 거의 없었다. 새들은 햇빛이 가득하고 탁 트인 들판을 좋아하기 때문이다. 그러나 가끔 나무 사이에 몸을 숨긴 야생 동물들이 낮게 으르렁거리는 소리가 들려왔다. 그럴 때면 도로시는 어떤 동물이 내는 소리인지 몰라서 심장 박동이 빨라졌다. 그러나 토토는 동물의 정체를 알았기에 도로시 곁에 바짝 붙어 걸었고 그쪽으로 짖을 엄두도 내지 않았다.

"얼마나 더 가야 숲에서 벗어날 수 있을까?" 도로시가 양철 나무꾼에게 물었다.

"에메랄드시에 가본 적이 없으니 모르겠어. 하지만 어릴

적에 아버지가 그곳에 한 번 다녀오셨지. 오즈가 사는 도시에 가까울수록 풍경이 아름답지만 위험한 들판을 오래 지나야 한다고 하셨어. 하지만 나는 기름통만 있으면 두려운 게 없고, 허수아비는 무슨 일이 일어나건 다치지 않겠지. 네 이마에 있는 착한 마녀의 입맞춤 자국이 위험으로부터 널 지켜 줄 테고 말이야." 나무꾼의 대답이었다.

"하지만 토토는! 토토는 누가 지켜주지?" 도로시가 걱정스레 말했다.

"토토가 위험에 빠지면 우리가 지켜야지." 양철 나무꾼이 대답했다.

그 말을 하자마자 숲에서 무시무시하게 울부짖는 소리가 들려왔고, 다음 순간 커다란 사자가 길로 훌쩍 뛰어들었다. 사자가 앞발을 한 번 휘두르자 허수아비가 빙그르르 돌면서 길가로 날아갔다. 곧이어 사자의 날카로운 발톱이 양철 나무꾼을 후려쳤다. 나무꾼은 길바닥으로 넘어져 꼼짝하지 못했지만, 양철에 상처가 조금도 나지 않아 사자는 깜짝 놀랐다.

드디어 적을 마주한 작은 토토는 사자를 향해 달려가며 컹컹 짖어댔다. 거대한 야수가 강아지를 물려는 듯이 입을 벌리자, 토토가 죽을까 봐 겁이 난 도로시는 위험 따위에 아랑곳하지 않고 앞으로 달려갔다. 그리고 있는 힘껏 사자의 코를 때리며 외쳤다.

"토토를 물기만 해봐! 너처럼 커다란 짐승이 작고 가여운 개를 물다니, 부끄러운 줄 알아!"

"물지 않았어." 도로시가 때린 코를 앞발로 문지르며 사자가 말했다.

"하지만 그러려고 했잖아. 넌 덩치만 컸지, 겁쟁이일 뿐이야." 도로시가 받아쳤다.

"나도 알아. 늘 알던 사실이야. 하지만 어떻게 하란 말이야?" 사자가 부끄러워 고개를 숙이며 말했다.

"나야 모르지. 짚으로 만든 불쌍한 허수아비를 공격하기나 하고!"

"짚으로 만들었다고?" 놀란 사자는 이렇게 물으며, 도로시가 허수아비를 일으켜 세우고 몸을 두드려 다시 모양을 잡아주는 모습을 지켜보았다.

"당연히 짚으로 만들었지." 여전히 화가 풀리지 않은 도로시가 대답했다.

"그래서 그렇게 쉽게 날아갔구나. 빙그르르 도는 모습을 보고 깜짝 놀랐어. 다른 사람도 짚으로 만들어졌어?" 사자가 말했다.

"아니, 양철로 만들었어." 도로시가 말하며 나무꾼이 다시 일어나도록 부축했다.

"그래서 내 발톱이 휠 뻔했구나. 발톱이 양철을 긁을 때 등골이 오싹했어. 네가 그렇게나 소중히 여기는 저 작은 동물은 뭐지?" 사자가 말했다.

"내 강아지 토토야." 도로시가 대답했다.

"양철이나 짚으로 만든 강아지야?" 사자가 물었다.

"아니. 음……. 음……. 살로 만들어진 강아지야." 도로시가 말했다.

"아! 신기하게 생긴 동물이구나. 지금 보니 놀랄 만큼 작은걸. 누구도 이렇게 작은 동물을 물려고 하지는 않을 거야. 나처럼 겁쟁이가 아니라면." 사자가 서글프게 말했다.

"어쩌다 겁쟁이가 된 거야?" 도로시는 작은 말과 비슷할 정도로 몸이 커다란 이 짐승을 놀라운 눈으로 바라보며 물었다.

"정말 모르겠어. 아무래도 그렇게 태어난 모양이야. 숲속 동물들은 모두 내가 당연히 용감하리라 생각하지. 어디서나 사자를 동물의 왕으로 여기니까. 내가 아주 크게 울부짖으면 모든 생물이 겁을 먹고 내 앞에서 자취를 감춘다는 사실을 알게 되었어. 사람을 마주칠 때마다 무척 겁이 났지만 그쪽으로 울부짖기만 하면 늘 쏜살같이 달아나더라고. 코끼리, 사자, 곰이 혹시라도 나와 싸우려 했다면 나는 당연히 도망쳤을 거야. 그 정도로 겁쟁이야. 하지만 내가 울부짖는 소리를 듣자마자 모두 내 앞에서 달아나기 바빠. 물론 나는 가만 내버려두지."

"하지만 그래서는 안 돼. 동물의 왕이 겁쟁이여서는 안 되잖아." 허수아비가 말했다.

"알아. 그래서 무척 슬프고 아주 불행해. 하지만 위험이 닥칠 때마다 가슴이 마구 두근거리는걸."

"심장병일지도 몰라." 양철 나무꾼이 말했다.

"그럴지도 모르지." 사자가 대답했다.

"심장병이라면 기뻐해야 해. 네게 심장이 있다는 증거니까. 나는 심장이 없단다. 그래서 심장병에 걸릴 수도 없지." 양철 나무꾼이 말했다.

"심장이 없었다면 겁쟁이가 되지 않았을지도 몰라." 곰곰이 생각하던 사자가 말했다.

"두뇌는 있니?" 허수아비가 물었다.

"아마 있을 거야. 확인해볼 생각은 안 해봤지만." 사자가 대답했다.

"나는 위대한 오즈를 찾아가 두뇌를 달라고 부탁할 거야. 내 머리에는 짚만 가득하거든." 허수아비가 말했다.

"나는 심장을 달라고 부탁할 거야." 나무꾼이 말했다.

"나는 토토와 나를 캔자스로 돌려보내달라고 부탁할 거고." 도로시가 덧붙였다.

"오즈가 내게 용기를 줄 수 있을까?" 겁쟁이 사자가 물었다.

"내게 뇌를 주는 것만큼 쉬운 일이겠지." 허수아비가 말했다.

"내게 심장을 주는 것만큼이나." 양철 나무꾼이 말했다.

"나를 캔자스로 돌려보내는 것만큼이나." 도로시가 말했다.

"좋아, 너희만 괜찮으면 나도 함께 갈게. 용기가 없으니 제대로 살 수가 없어."

"대환영이야. 네가 있으면 다른 야생 동물들이 다가오지 않을 거야. 너를 보고 그렇게 쉽게 겁을 먹다니, 그 동물들은 너보다 훨씬 더 겁쟁이인 게 분명해."

"그건 사실이야. 하지만 그렇다고 내가 더 용감해지는 건 아니야. 내가 겁쟁이라는 사실을 스스로 아는 이상은 행복하지 않을 거야." 사자가 말했다.

이 작은 일행은 다시 길을 떠났고, 사자는 도로시 곁에서 당당한 모습으로 성큼성큼 걸음을 옮겼다. 처음에 토토는 이 새 친구를 달갑지 않게 여겼는데 사자의 커다란 입안에서 몸이 부서질 뻔했다는 사실을 잊을 수 없었기 때문이다. 그러나 시간이 조금 지나자 점차 마음을 놓더니 곧 겁쟁이 사자와 좋은 친구가 되었다.

그날은 이 여행의 평화를 깨뜨리는 다른 사건이 더 이상 일어나지 않았다. 사실 한 가지 사건이 있긴 했는데, 양철 나무꾼이 길을 기어가던 딱정벌레 한 마리를 밟아 그 가여운 벌레를 죽인 일이었다. 양철 나무꾼은 살아 있는 존재를 해치지 않으려 언제나 조심했기 때문에 몹시 슬퍼했다. 그가 길을 걸어가면서 흘린 슬픔과 후회의 눈물이 얼굴을 타고 천천히 흘러내려 턱 경첩에 닿았고 그 부분이 녹슬고 말았다. 잠시 후 도로시가 나무꾼에게 뭔가를 물어보았을 때 그는 위아래 턱이 녹슬면서 단단히 붙어버린 탓에 입을 벌릴 수가 없었다. 양철 나무꾼은 더럭 겁이 나서 도로시에게 이런저런 몸짓으로 구해달라는 신호를 보냈지만 도로시는 이해하지 못했다. 사자도 문제가 뭔지 몰라 어리둥절했다. 그러나 허수아비가 도로시의 바구니에서 기름통을 꺼내 나무꾼의 턱에 기름을 발랐고, 덕분에 얼마 지나지 않아 양철 나무꾼은 전처럼 다시 말을 하게 되었다.

"이번 일로 걸음을 조심히 옮기라는 교훈을 얻었어. 다른 벌레를 한 마리 더 죽인다면 나는 분명 다시 눈물을 흘릴 테고 그러면 턱이 녹슬어 말을 못 할 테니까."

그 뒤로 양철 나무꾼은 길바닥을 살피며 아주 조심스럽게 걸었고, 느릿느릿 지나가는 작은 개미를 보고도 해치지 않으려고 그 너머로 발을 내디뎠다. 양철 나무꾼은 자신에게 심장이 없다는 사실을 아주 잘 알았기에 어떤 대상이든 잔인하거나 불친절하게 대하지 않으려 몹시 신경을 썼다.

"너희에게는 심장이 있으니 너희를 안내할 길잡이가 있는 셈이고 그래서 잘못된 행동을 할 리 없어. 하지만 나는 심장이 없으니 조심하고 또 조심해야 해. 오즈가 나에게 심장을 주면 물론 그렇게 신경 쓰지 않아도 되겠지만." 양철 나무꾼이 말했다.

위대한 오즈에게 가는 길

그날 밤, 근처에 집이 한 채도 없어서 도로시 일행은 숲속의 커다란 나무 밑에 잠자리를 마련해야 했다. 나무가 두껍고 튼튼한 덮개처럼 이슬을 막아주었고, 양철 나무꾼이 도끼로 땔감을 잔뜩 잘라와 도로시는 멋진 모닥불을 피웠다. 그 모닥불이 도로시의 몸을 따뜻하게 하고 외로움을 덜어주었다. 남은 빵을 토토와 모두 나눠 먹고 나니 이제는 아침으로 무엇을 먹어야 할까 싶었다.

"네가 원한다면 숲속에 가서 사슴을 잡아 올게. 너는 입맛이 별나서 익힌 음식을 더 좋아하니까 모닥불에 구우면 돼. 그러면 아주 훌륭한 아침 식사가 될 거야." 사자가 말했다.

"안 돼! 제발 그러지 마. 네가 불쌍한 사슴을 죽이면 나는 틀림없이 눈물을 흘릴 테고 그럼 턱이 다시 녹슬고 말 거야." 양철 나무꾼이 애원했다.

사자는 숲속으로 들어가 자신의 저녁거리를 찾아냈다. 그게 뭐였는지는 말해주지 않았으므로 누구도 알지 못했다. 허수아비는 견과류가 가득 달린 나무를 찾아내서 도로시가 한참 동안은 배고프지 않도록 바구니에 열매를 가득 담아주었다. 도로시는 허수아비가 매우 친절하고 사려 깊다고 생각했지만, 그 가여운 친구가 어설프게 열매를 따는 모습을 보고는 웃음을 터뜨렸다. 짚을 채워 넣은 허수아비의 손은 움직임이 매우 서툴렀고 나무 열매는 아주 작았기 때문에 바구니에 넣는 것만큼이나 떨어뜨리는 열매가 많았다. 허수아비는 바구니를 채우기까지 시간이 아무리 오래 걸려도 신경 쓰지 않았다. 모닥불에서 멀리 떨어질 수 있기 때문이었다. 허수아비는 불똥이 지푸라기에 튀어 몸이 타버릴까 봐 겁이 났다. 그래서 불꽃에서 멀리 떨어진 곳에 있다가 도로시가 자려고 눕자 그때만 마른 나뭇잎을 덮어주려고 가까이 다가갔다. 덕분에 도로시는 포근하고 따뜻하게 아침까지 단잠을 잤다.

날이 밝자 도로시는 잔물결이 일렁이는 시냇물로 얼굴을 씻었다. 그리고 곧 모두 함께 에메랄드시를 향해 길을 나섰다.

도로시와 친구들에게는 파란만장한 날이었다. 한 시간도 걷지 않았는데 길이 끊기면서 양쪽으로 끝도 없이 이어져 숲을 가르는 커다란 구덩이가 나타났다. 구덩이는 아주 넓었고 도로시와 친구들이 구덩이의 가장자리로 기어가 들여다 보니 아주 깊었으며 바닥에는 크고 들쭉날쭉한 바위들이 수 없이 많았다. 구덩이의 양쪽 비탈이 아주 가팔라서 도로시 일행 중 누구도 타고 내려갈 수 없었고 당장 생각하기엔 이 여행을 끝내야 할 것처럼 보였다.

"인제 어쩌지?" 도로시가 절망한 목소리로 물었다.

"전혀 모르겠어."

양철 나무꾼이 말했고 사자는 생각에 잠긴 표정으로 텁 수룩한 갈기를 흔들었다.

허수아비가 말했다.

"우리는 날 수 없어. 그건 분명해. 이 커다란 구덩이로 내 려갈 수도 없지. 그러니 뛰어넘을 수 없다면 여기에서 멈춰 야 해."

"난 뛰어넘을 수 있을 것 같아." 겁쟁이 사자가 머릿속으 로 신중하게 거리를 잰 뒤에 말했다.

"그럼 우리 모두 괜찮아. 네가 한 번에 한 명씩, 우리를 등에 태우고 건너편으로 데려다주면 되니까." 허수아비가 대 답했다.

"음, 한번 해볼게. 누가 먼저 갈래?" 사자가 말했다.

"내가 갈게. 네가 저 골짜기를 뛰어넘지 못하면 도로시 는 죽을 테고 양철 나무꾼은 저 아래 바닥에 부딪혀 엉망으로 찌그러질 거야. 하지만 내가 네 등에 탄다면 떨어지더라도 전혀 다치지 않을 테니 별문제 없어." 허수아비가 말했다.

"나도 내가 떨어질까 봐 엄청 무서워. 하지만 해볼 수밖에 없지. 내 등에 올라타고 함께 건너보자." 겁쟁이 사자가 말했다.

허수아비는 사자의 등에 올라탔고 그 커다란 짐승은 구덩이의 가장자리로 다가가 몸을 웅크렸다.

"달리다가 뛰어오르는 게 어때?" 허수아비가 물었다.

"그건 우리 사자들의 방식이 아니야." 사자가 대답했다.

사자는 훌쩍 뛰어오르더니 허공을 가르고 날아서 건너편에 무사히 내려앉았다. 친구들은 사자가 쉽게 해내는 모습을 보고 무척 기뻐했다. 사자는 등에 탄 허수아비를 내려놓은 뒤 다시 훌쩍 구덩이를 건너왔다.

도로시는 이제 자기 차례구나 생각하며 토토를 품에 안고 사자의 등에 올라 한 손으로 갈기를 단단히 붙잡았다. 다음 순간 도로시는 하늘을 나는 듯한 기분이 들었다. 그리고 그 기분에 대해 생각할 겨를도 없이 건너편에 무사히 도착했다. 사자는 세 번째로 되돌아가 양철 나무꾼을 데려왔다. 이제 친구들은 사자가 한숨 돌리도록 바닥에 잠시 앉았다. 먼 거리를 도약한 탓에 숨이 찬 사자가 너무 오래 달린 커다란 개처럼 헐떡였기 때문이었다.

이쪽 숲은 나무가 몹시 울창했고 어둡고 음울해 보였다. 사자가 쉰 다음에 도로시 일행은 노란 벽돌 길을 따라 다시 걷기 시작했다. 숲 끄트머리에 이르러 다시 밝은 햇살을 볼 수 있을까, 저마다 말없이 생각했다. 그렇지 않아도 불안한데 곧 숲속 깊은 곳에서 이상한 소리가 들려왔다. 사자는 목소리를 낮추며 이 부근에 칼리다가 산다고 말했다.

"칼리다가 뭔데?" 도로시가 물었다.

"몸은 곰처럼 생겼고 머리는 호랑이 같은 괴수야. 발톱이 어찌나 길고 날카로운지 내가 토토를 해칠 수 있는 것만큼이나 쉽게 내 몸을 두 동강 낼 거야. 나는 칼리다가 너무 무서워." 사자가 대답했다.

"무서운 게 당연해. 틀림없이 무시무시한 짐승일 테니까." 도로시가 말했다.

사자가 대답하려는 순간, 갑자기 눈앞에 길을 가로막는 다른 구덩이가 나타났다. 하지만 이번에는 아주 넓고 깊어서 사자는 건너뛸 수 없다는 사실을 한눈에 알았다.

그래서 친구들은 바닥에 앉아서 어떻게 할지 고민했고 진지한 생각 끝에 허수아비가 말했다.

"여기, 구덩이 가까이에 커다란 나무가 있어. 양철 나무꾼이 도끼로 찍어 넘어뜨리면 나무가 건너편으로 쓰러질 테고 우리는 쉽게 건널 수 있을 거야."

"대단히 멋진 생각이야. 누가 들으면 네 머리에 짚이 아니라 두뇌가 든 줄 알 거야."

나무꾼은 즉시 도끼질을 하기 시작했다. 도끼가 아주 날카로워서 금세 나무를 거의 끝까지 베었다. 그러자 사자가 튼튼한 앞발을 나무에 얹고 온 힘을 다해 밀었다. 커다란 나무가 천천히 기울어지더니 구덩이 건너편으로 '쿵' 하고 쓰러졌고 꼭대기에 있는 가지들이 건너편 땅에 걸쳐졌다.

도로시와 친구들이 이 괴상한 다리를 건너기 시작했을 때 귀청을 찢을 듯이 크게 울부짖는 소리가 들렸다. 모두 그쪽을 쳐다보았다. 몸은 곰이고 머리는 호랑이인 거대한 짐승 두 마리가 달려오는 모습을 보고 친구들은 공포에 사로잡혔다.

"칼리다야!" 겁쟁이 사자가 바들바들 떨면서 말했다.

"서둘러! 어서 건너자!" 허수아비가 외쳤다.

토토를 안은 도로시가 앞장섰고 양철 나무꾼이 뒤따랐으며 다음으로 허수아비가 건넜다. 사자는 분명 겁에 질렸지만, 몸을 돌려 칼리다를 마주 보았다. 사자가 아주 큰 소리로 무시무시하게 울부짖는 바람에 도로시는 비명을 질렀고 허수아비는 뒤로 넘어졌으며 저 맹수들조차 멈칫하며 놀란 표정으로 사자를 쳐다보았다.

그러나 칼리다들은 자기들이 사자보다 덩치가 크며 사자는 혼자지만 이쪽은 둘이라는 사실을 떠올리고 다시 맹렬히 달려왔다. 사자는 나무다리를 건넌 다음, 칼리다들이 어떻게 할지 보려고 몸을 돌렸다. 맹수들은 한순간도 머뭇거리지 않고 다리를 건너기 시작했다. 사자가 도로시에게 말했다.

"우린 끝장이야. 저 맹수들이 날카로운 발톱으로 우리를 갈기갈기 찢어버릴 거야. 하지만 내 뒤로 바싹 붙어. 목숨이 붙어 있는 한 저놈들과 싸울 테니까."

"잠깐!" 허수아비가 외쳤다. 어떤 방법이 가장 좋을지 줄곧 생각하던 허수아비는 양철 나무꾼에게 구덩이의 이쪽 편에 걸쳐진 나무 끝을 도끼로 잘라달라고 말했다. 나무꾼은 즉시 도끼질을 하기 시작했다. 두 칼리다가 다리를 거의 다 건넜을 때, 나무는 으르렁거리는 흉측한 야수들을 태운 채 요란한 소리를 내며 구덩이 속으로 떨어졌다. 두 야수는 구덩이 바닥에 깔린 날카로운 바위에 부딪혀 갈기갈기 찢어졌다.

겁쟁이 사자는 마음이 놓여 숨을 길게 내쉬며 말했다.

"휴, 보아하니 우린 좀 더 오래 살 수 있게 되었구나. 다행이야. 죽는 건 분명 아주 불쾌할 테니까. 저 괴수들 때문에 얼마나 무서웠는지 심장이 아직도 쿵쾅거려."

"아, 나에게도 쿵쾅거릴 심장이 있으면 좋으련만." 양철 나무꾼이 서글프게 말했다.

이 사건으로 길동무들은 숲을 빠져나가고 싶은 마음이 더욱 간절해졌다. 모두가 재빨리 걷는 바람에 도로시는 지쳐서 사자의 등에 올라타야 했다. 아주 기쁘게도 앞으로 갈수록 나무의 간격이 넓어졌고, 오후가 되었을 때는 빠르게 흘러가는 넓은 강이 갑자기 눈앞에 나타났다. 강 건너 펼쳐진 아름다운 들판 사이로 노란 벽돌 길이 이어졌고 들판의 푸른 초원에는 알록달록한 꽃이 피었으며 길가에는 탐스러운 과일이 잔뜩 달린 나무들이 나란히 서 있었다. 도로시와 친구들은 눈앞에 펼쳐진 이 기분 좋은 풍경을 보고 무척 기뻐했다.

"강을 어떻게 건너지?" 도로시가 물었다.

"쉬운 일이야. 양철 나무꾼이 뗏목을 만들어주면 그걸 타고 건너편으로 가면 돼." 허수아비가 대답했다.

나무꾼은 도끼를 들고 뗏목을 만들 작은 나무들을 베기 시작했다. 나무꾼이 바쁘게 일하는 동안 허수아비는 강기슭에서 맛있는 과일이 가득 달린 나무를 찾아냈다. 종일 딱딱한 견과류만 먹었던 도로시는 반가워하며 잘 익은 과일을 마음껏 먹었다.

그러나 양철 나무꾼이 지칠 줄 모르고 부지런히 일해도 뗏목을 만들기까지 시간이 오래 걸렸고 밤이 되어도 뗏목은 완성되지 않았다. 그래서 일행은 나무 밑에서 아늑한 자리를 찾아 아침이 될 때까지 단잠을 잤다. 도로시는 에메랄드시에 도착해 자신을 곧 집으로 돌려보내줄 착한 마법사 오즈를 만나는 꿈을 꾸었다.

위험한 양귀비 꽃밭

이튿날 아침, 우리의 이 작은 일행은 희망에 부풀어 상쾌한 기분으로 일어났다. 도로시는 강기슭 나무에서 따온 복숭아와 자두로 공주처럼 아침 식사를 했다. 뒤로는 온갖 어려움을 겪고도 무사히 빠져나온 캄캄한 숲이 보였다. 그러나 앞쪽에는 아름답고 햇빛 찬란한 들판이 펼쳐졌고 그 들판은 어서 에메랄드시로 오라고 손짓하는 것만 같았다.

물론 지금은 넓은 강이 그 아름다운 땅과 도로시 일행을 가로막고 있었다. 그러나 뗏목이 완성되기 직전이었고 양철 나무꾼이 통나무 몇 개를 더 잘라 나무못으로 이어 붙이자 출발 준비가 끝났다. 도로시는 토토를 안고 뗏목 한가운데 앉았다. 겁쟁이 사자가 그 위에 오르자 뗏목이 급히 기울었다. 그러나 허수아비와 양철 나무꾼이 다른 쪽 끝에 서서 균형을 잡아주었고, 친구들은 손에 든 장대로 물살을 저어 앞으로 나아갔다.

처음에 뗏목은 아주 순조롭게 나아갔다. 그러나 강 한복판에 이르렀을 때 빠른 물살에 휩쓸려 하류 쪽으로 떠내려가는 바람에 노란 벽돌 길로부터 점점 멀어졌다. 게다가 강물이 점점 깊어져 장대가 강바닥에 닿지 않았다.

"곤란하게 됐는걸. 육지에 닿지 못하면 못된 서쪽 마녀의 나라로 가게 될 거야. 그러면 마녀가 우리에게 마법을 걸어 노예로 만들어버릴 텐데." 양철 나무꾼이 말했다.

"그러면 나는 두뇌를 얻지 못하겠지." 허수아비가 말했다.

"난 용기를 얻지 못할 테고." 겁쟁이 사자가 말했다.

"난 심장을 얻지 못할 테고." 양철 나무꾼이 말했다.

"난 캔자스로 돌아가지 못할 거야." 도로시가 말했다.

"우린 어떻게든 꼭 에메랄드시로 가야 해." 허수아비가 이렇게 말하면서 아주 힘껏 장대를 밀었고 그 순간 장대가 강바닥 진흙 속에 푹 박히고 말았다. 허수아비가 장대를 다시 빼기 전에 뗏목이 물살에 휩쓸려 떠내려갔고 불쌍한 허수아비는 장대에 매달린 채 강 한복판에 남겨졌다.

"잘 가!" 허수아비가 친구들을 향해 소리쳤고, 친구들은 허수아비를 두고 떠나야 한다는 사실이 몹시 안타까웠다. 사실 양철 나무꾼은 울음을 터뜨렸지만, 몸이 녹슬겠다는 생각이 들어 도로시의 치마 앞자락으로 눈물을 닦았다.

물론 허수아비의 상황은 심각했다.

허수아비는 생각했다. '이제는 도로시를 처음 만났을 때보다 훨씬 상황이 나빠졌어. 그때는 옥수수밭 장대에 매달려 까마귀를 쫓는 시늉이라도 했지. 하지만 강 한복판에서 장대에 매달린 허수아비는 정말이지 아무 쓸모가 없잖아. 아무래도 난 두뇌를 절대 갖지 못할 것 같아!'

뗏목은 하류로 떠내려갔고 가엾은 허수아비는 뒤에 남겨진 채 멀어졌다. 그때 사자가 말했다.

"어떻게든 이 문제를 해결해야 해. 너희가 내 꼬리 끝을 단단히 붙잡기만 하면 내가 뗏목을 끌고 강가로 헤엄쳐 갈 수 있을 거야."

사자는 물속으로 풍덩 뛰어들었고 양철 나무꾼이 사자의 꼬리를 단단히 붙잡았다. 사자는 온 힘을 다해 강가로 헤엄치기 시작했다. 몸집이 큰 사자에게도 무척 벅찬 일이었다. 그러나 뗏목은 점점 빠른 물살을 벗어났고 도로시는 양철 나무꾼의 장대를 붙잡고 뗏목을 육지 쪽으로 밀며 힘을 보탰다.

마침내 강기슭에 이르러 산뜻한 녹색 풀밭에 올라섰을 때는 모두 지칠 대로 지친 상태였다. 강물에 떠내려오는 바람에 에메랄드시로 이어지는 노란 벽돌 길에서 한참 벗어났다는 사실도 알게 되었다.

"이제 어쩐담?" 양철 나무꾼이 이렇게 물었고, 사자는 햇볕에 몸을 말리려고 풀밭에 엎드렸다.

"어떻게든 벽돌 길로 돌아가야 해." 도로시가 말했다.

"다시 노란 벽돌 길이 나올 때까지 강둑을 따라 걷는 게 가장 좋겠어." 사자가 말했다.

휴식을 취한 다음 도로시는 바구니를 들고 친구들과 함께 풀이 자란 강둑을 따라 걸었다. 강물에 떠내려오느라 멀어진 벽돌 길로 돌아가기 위해서였다. 꽃과 과일나무, 햇빛 가득한 아름다운 들판이 기운을 북돋아주었다. 불쌍한 허수아비에 대한 안타까움만 아니었으면 다들 무척 유쾌했을 것이다.

도로시가 아름다운 꽃을 꺾느라 딱 한 번 멈추었을 뿐 친구들은 되도록 빨리 걸음을 옮겼다. 얼마 뒤에 양철 나무꾼이 외쳤다.

"저기 좀 봐!"

그 말에 모두 강을 쳐다보니, 강물 한복판에 몹시 외롭고도 서글픈 모습으로 장대에 걸터앉은 허수아비가 보였다.

"어떻게 하면 허수아비를 구할 수 있을까?" 도로시가 물었다.

사자와 양철 나무꾼은 방도를 알 수 없어 고개를 저었다. 친구들은 다 함께 강둑에 주저앉아 안타까운 눈길로 허수아비를 바라보았다. 날아가던 황새 한 마리가 그 모습을 보더니 가던 길을 멈추고 물가에 내려앉았다.

"너희는 누구고 어디로 가는 중이니?" 황새가 물었다.

"나는 도로시야. 여기는 내 친구 양철 나무꾼과 겁쟁이 사자야. 우리는 에메랄드시로 가는 중이란다." 도로시가 대답했다.

"여긴 그쪽으로 가는 길이 아니야." 황새가 긴 목을 비틀어 이 이상한 일행을 날카롭게 바라보며 말했다.

"알아. 하지만 허수아비와 헤어지는 바람에, 구할 방법을 궁리 중이야." 도로시가 말했다.

"어디에 있는데?" 황새가 물었다.

"저기 저 강에." 도로시가 대답했다.

"크고 무겁지만 않으면 내가 데려올 수 있을 텐데." 황새가 말했다.

"전혀 무겁지 않아. 짚으로 만들었거든. 허수아비를 우리에게 데려다준다면 그 은혜를 언제까지나 잊지 않을게." 도로시가 간절하게 말했다.

"뭐, 일단 해볼게. 하지만 너무 무거워서 옮기기 힘들면 다시 강물에 떨어뜨릴 수밖에 없어." 황새가 말했다.

커다란 새는 공중으로 날아올라 강으로 갔고, 장대 위에 걸터앉은 허수아비에게 이르렀다. 황새는 커다란 발톱으로 허수아비의 팔을 움켜잡아 공중으로 들어 올리더니 도로시와 사자와 양철 나무꾼과 토토가 앉은 강둑으로 돌아왔다.

허수아비는 친구들과 다시 만나게 되자 기쁜 나머지 친구들을 모두, 그러니까 사자와 토토까지도 끌어안았다. 그리고 함께 걷는 동안, 걸음을 옮길 때마다 아주 흥겹게 "라랄, 랄랄, 라!" 하고 노래했다.

"영영 강에 남겨질 봐 두려웠어. 하지만 친절한 황새가 구해주었지. 혹시라도 두뇌를 얻게 된다면 황새를 다시 찾아가 친절에 보답할 거야." 허수아비가 말했다.

"괜찮아. 나는 곤경에 처한 누군가를 돕는 게 좋거든……. 하지만 아기 새들이 둥지에서 나를 기다리고 있으니 이제는 가야겠다. 에메랄드시를 잘 찾아가서 오즈의 도움을 받길 바라." 도로시 일행을 따라 날던 황새가 말했다.

"고마워." 도로시가 대답했다. 친절한 황새는 공중으로 날아올라 순식간에 눈앞에서 사라졌다.

도로시와 친구들은 빛깔이 화려한 새들의 노래를 듣고 아름다운 꽃들을 바라보며 걸었다. 이제는 들판이 꽃으로 빽빽해서 땅에 양탄자를 깔아놓은 것만 같았다. 노란색과 흰색, 파란색, 보라색 꽃이 큼지막하게 피었고 새빨간 양귀비꽃도 가득했는데 색깔이 얼마나 화사한지 도로시는 눈이 부실 지경이었다.

"아름답지 않니?" 도로시가 화사한 꽃이 내뿜는 그윽한 향기를 들이마시며 물었다.

"그런 것 같아. 내게 두뇌가 있다면 아마 이 꽃을 더 좋아했겠지." 허수아비가 대답했다.

"내게 심장이 있다면 이 꽃을 사랑했을 거야." 양철 나무꾼이 덧붙였다.

"나는 언제나 꽃을 좋아했어. 힘없고 약해 보이니까. 하지만 숲에는 이렇게 화려한 꽃이 없어." 사자가 말했다.

어느새 크고 새빨간 양귀비꽃이 점점 더 많이 나타났고 다른 꽃은 드물어졌다. 잠시 후 친구들은 드넓은 양귀비 꽃밭 한복판에 서 있었다. 지금은 이 꽃이 많이 모여 있으면 향기가 너무 짙어지고 그 향기를 들이마시면 잠이 든다는 사실, 그 향기가 없는 다른 곳으로 옮기지 않으면 잠에서 영원히 깨어나지 못한다는 사실을 누구나 안다. 그러나 도로시는 그 사실을 몰랐고 사방에 가득한 화려하고 붉은 꽃에서 벗어날 수도 없었다. 따라서 곧 눈꺼풀이 무거워졌고 그대로 주저앉아 자고 싶은 생각뿐이었다.

그러나 양철 나무꾼은 도로시가 그러도록 내버려두지 않았다.

"어두워지기 전에 서둘러 노란 벽돌 길로 돌아가야 해." 양철 나무꾼이 말했다. 허수아비도 같은 생각이었다. 그래서 계속 걸었지만 결국 도로시는 더 이상 설 수가 없었다. 자기도 모르게 눈이 감겼고 이곳이 어디인지 잊어버리고 양귀비 꽃밭 사이에 쓰러져 깊은 잠에 빠지고 말았다.

"어쩌면 좋지?" 양철 나무꾼이 물었다.

"도로시를 여기 내버려두면 죽을 거야. 꽃 냄새가 우리 모두를 죽이고 있어. 나도 간신히 눈을 뜨고 있고, 개는 이미 잠들었어." 사자가 말했다.

사실이었다. 토토는 아까부터 작은 주인 곁에 쓰러져 있었다. 그러나 허수아비와 양철 나무꾼은 사람처럼 몸이 살로 만들어지지 않아서 꽃향기를 맡아도 아무렇지 않았다.

"되도록 빨리 달려서 이 위험한 꽃밭에서 도망쳐. 도로시는 우리가 데려갈게. 너는 몸집이 너무 커서 잠들면 옮길 수가 없어." 허수아비가 사자에게 말했다.

사자는 정신을 차리고 되도록 빠르게 내달렸다.

"손을 모아 의자처럼 만들어서 도로시를 옮기자." 허수아비가 말했다. 둘은 토토를 도로시의 무릎에 올려두고, 손과 팔을 모아 앉는 자리와 팔걸이가 있는 의자를 만든 다음 잠든 소녀를 데리고 꽃 사이를 지나갔다.

걷고 또 걸었지만 거대한 양탄자처럼 사방에 깔린 무서운 꽃밭은 끝날 것 같지 않았다. 허수아비와 나무꾼은 강굽이를 따라가다가 양귀비꽃 사이에 누워 깊이 잠든 사자를 발견했다. 꽃향기가 너무 강렬해 이 커다란 사자도 결국 이겨내지 못하고 꽃밭이 끝나는 지점을 앞둔 채 그만 잠들고 만 것이다. 꽃밭을 지나면 싱그러운 풀이 넘실거리는 아름답고 넓은 들판이었다.

"달리 방법이 없어. 너무 무거워서 들지 못할 테니까. 영원히 자도록 여기 남겨둘 수밖에. 어쩌면 마침내 용기를 얻는 꿈을 꿀지도 몰라." 양철 나무꾼이 서글프게 말했다.

"정말 안타까워. 사자는 겁쟁이치고는 아주 좋은 친구였는데. 하지만 우린 계속 가야 해." 허수아비가 말했다.

나무꾼과 허수아비는 잠든 소녀를 강가의 아름다운 풀밭으로 데려갔다. 양귀비꽃으로부터 멀리 떨어진 덕분에 꽃이 내뿜는 독을 더는 들이마시지 않아도 되는 곳이었다. 둘은 부드러운 풀밭에 도로시를 살며시 눕히고 신선한 바람이 깨워주기를 기다렸다.

들쥐 여왕

"이제 노란 벽돌 길은 여기에서 멀지 않을 거야. 거의 강물에 떠내려온 만큼 되돌아왔으니까." 허수아비가 도로시 곁에 서서 말했다.

양철 나무꾼이 대답하려는 순간 낮게 으르렁거리는 소리가 들렸다. (관절이 멋지게 움직이는) 고개를 돌리니 이상한 짐승이 풀밭에서 펄쩍거리며 달려오는 모습이 보였다. 몸집이 큰 노란 살쾡이였는데, 양철 나무꾼은 그 동물이 뭔가를 뒤쫓고 있는 게 분명하다고 생각했다. 귀를 머리에 바짝 붙이고 흉측한 이빨이 전부 드러날 정도로 입을 딱 벌린 데다 붉은 눈동자가 불꽃처럼 이글거렸기 때문이다. 살쾡이가 가까이 왔을 때 양철 나무꾼은 그 짐승 앞에서 달리는 작은 회색 들쥐를 보았다. 비록 심장은 없었지만, 저토록 예쁘고 악의 없는 생물을 죽이려고 하다니 살쾡이가 나쁘다는 생각이

들었다.

　나무꾼은 도끼를 들어 올렸다. 살쾡이가 지나갈 때 도끼를 재빨리 휘둘러 그 짐승의 머리를 몸통에서 깔끔하게 잘라냈다. 두 동강이 난 살쾡이가 나무꾼의 발치에서 데굴데굴 굴렀다.

　적에게서 자유로워진 들쥐는 곧바로 달리기를 멈추었다. 양철 나무꾼에게 천천히 다가와서 찍찍거리는 작은 목소리로 말했다.

　"아, 고마워! 내 목숨을 구해주다니 정말 고마워!"

　"별말씀을. 난 심장이 없어서 누구든지 친구가 필요하다면 도와주려고 애쓴단다. 그게 생쥐에 불과한 동물이더라도."

　"생쥐에 불과하다니! 아니, 나는 왕이야. 모든 들쥐를 다스리는 여왕!" 작은 동물이 화를 내며 외쳤다.

　"아이쿠, 이런." 양철 나무꾼이 말하며 허리 굽혀 절했다.

　"네가 내 목숨을 구한 것은 용감하고도 매우 위대한 행동이었어." 여왕이 덧붙였다.

　그 순간 들쥐 몇 마리가 작은 다리로 있는 힘껏 빠르게 달려오는 모습이 보였다. 들쥐들은 여왕을 보자 소리쳤다.

　"오, 여왕님, 돌아가신 줄로만 알았습니다! 그 커다란 살쾡이로부터 어찌 벗어나셨습니까?" 들쥐들은 모두 작은 여왕을 향해 머리가 땅에 닿을 듯이 몸을 낮게 굽혔다.

"이 기묘하게 생긴 양철 인간이 살쾡이를 죽이고 내 목숨을 구했다. 그러니 이제부터 너희는 모두 이분을 받들며 아주 작은 소원이라도 들어드리도록 하여라." 여왕이 명했다.

"알겠습니다!" 들쥐들이 모두 높고 날카로운 목소리로 합창하듯이 외쳤다. 그러나 곧 들쥐들은 사방으로 다급히 달아나야 했다. 잠에서 깬 토토가 주위에 모인 들쥐들을 보고는 반가워하며 짖더니 들쥐 무리 한가운데로 곧장 뛰어들었기 때문이다. 토토는 캔자스에 살 때 들쥐를 쫓아다니기를 늘 좋아했고 그래도 괜찮다고 생각했다.

양철 나무꾼이 토토를 안아 단단히 붙잡고 말했다.

"돌아와요! 돌아와! 토토는 여러분을 해치지 않아요."

그 말에 들쥐 여왕이 풀숲 밑에서 머리를 내밀며 두려움이 깃든 목소리로 물었다.

"정말 우리를 물지 않을까?"

"제가 그렇게 하도록 두지 않겠습니다. 그러니 걱정하지 마세요."

들쥐들은 한 마리씩 살금살금 돌아왔고 토토는 다시 짖지 않았다. 다만 나무꾼의 품에서 빠져나오려 꿈틀거렸다. 그의 몸이 양철로 만들어졌다는 사실을 몰랐다면 그를 물기도 했을 것이다. 마침내 무리에서 몸집이 큰 들쥐가 말했다.

"여왕님의 목숨을 구해주신 보답으로, 저희가 해드릴 일이 있을까요?"

"없습니다."

양철 나무꾼이 대답했다. 그러나 그동안 생각을 하려 줄
곧 애썼지만 머리가 짚으로 가득해 그러지 못한 허수아비가
재빨리 말했다.

"아, 있어요. 우리 친구 겁쟁이 사자를 구해주면 됩니다.
양귀비 꽃밭에서 잠들었어요."

"사자라니! 아아, 우리 모두를 잡아먹고 말 거야." 작은
여왕이 외쳤다.

"아니, 아닙니다. 그 사자는 겁쟁이예요." 허수아비가 또
박또박 말했다.

"정말?" 들쥐 여왕이 물었다.

"그 사자가 직접 한 말이에요. 그리고 우리 친구라고 말
하면 아무도 해치지 않을 거예요. 사자를 구해준다면, 사자
가 여러분을 아주 친절하게 대하리라고 장담해요." 허수아비
가 대답했다.

"좋아, 그 말을 믿겠어. 하지만 어떻게 해야 하지?" 들쥐
여왕이 말했다.

"당신을 여왕님이라고 부르며 명령을 따르는 들쥐들이
많이 있나요?"

"그럼. 수천 마리는 되지." 여왕이 대답했다.

"그러면 그 들쥐들에게 각자 긴 끈을 하나씩 가지고 되도록 빨리 이곳으로 모이라고 해주세요."

여왕은 시중드는 들쥐들을 바라보며 즉시 모든 백성을 불러 모으라고 말했다. 들쥐들은 명령을 듣자마자 있는 힘껏 빠르게 사방으로 달려갔다.

"이제 너는 나무가 있는 강가로 가서 사자를 태울 수레를 만들어줘." 허수아비가 양철 나무꾼에게 말했다.

나무꾼은 즉시 나무가 있는 곳으로 가서 도끼질을 시작했다. 커다란 나뭇가지에서 잔가지와 잎을 모두 쳐내고 뚝딱 수레를 만들어냈다. 나무못으로 나뭇가지를 이어 붙이고 커다란 나무줄기를 뭉툭하게 잘라 바퀴 네 개를 만들었다. 솜씨가 아주 빠르고 능숙했기 때문에 들쥐들이 도착할 무렵에는 수레가 완성되었다.

들쥐들은 사방에서 나타났는데 큰 쥐와 작은 쥐, 중간 크기 쥐 등 수천 마리에 이르렀다. 저마다 입에 긴 끈을 물고 있었다. 바로 그 무렵, 도로시가 긴 잠에서 깨어나 눈을 떴다. 도로시는 자신이 풀밭에 누워 있으며 들쥐 수천 마리가 주위에서 겁먹은 표정으로 쳐다보고 있다는 사실을 깨닫고 깜짝 놀랐다. 허수아비가 그동안 있었던 일을 모두 이야기해주고 작고 위엄 있는 들쥐를 바라보며 말했다.

"여왕님, 이 친구를 여왕님께 소개하고자 합니다."

도로시는 엄숙한 얼굴로 고개를 숙였고 여왕은 무릎을 살짝 구부려 인사하더니 곧 소녀와 친해졌다.

이제 허수아비와 나무꾼은 들쥐들이 가져온 긴 끈으로 들쥐를 수레와 연결했다. 끈 한쪽은 들쥐의 목에 매고 다른 쪽 끝은 수레에 묶었다. 물론 수레는 그것을 끌어야 하는 들쥐보다 수천 배는 더 컸다. 그러나 들쥐들을 모두 수레와 연결하자 수레가 아주 쉽게 움직였다. 게다가 허수아비와 양철 나무꾼이 수레에 올라타도 아무렇지 않았기에, 이 기묘하고 작은 말들은 그 상태로 수레를 끌고 순식간에 사자가 잠든 곳에 도착했다.

사자가 무거웠기 때문에 들쥐들은 아등바등 애쓴 끝에 간신히 사자의 몸을 수레에 올렸다. 여왕은 백성에게 다급히 출발 명령을 내렸다. 양귀비 꽃밭에 너무 오래 머물면 들쥐들도 잠들까 봐 두려웠다.

이 작은 짐승의 수가 아주 많았는데도 무거운 사자를 실은 수레가 처음에는 거의 꼼짝하지 않았다. 그러나 양철 나무꾼과 허수아비가 뒤에서 함께 밀자 조금씩 앞으로 움직였다. 곧 들쥐들은 사자를 양귀비 꽃밭에서 푸른 들판으로 옮겼고 그곳에서 사자는 양귀비꽃의 독한 냄새 대신 향긋하고 신선한 공기를 들이마셨다.

도로시가 작은 들쥐들이 모인 곳으로 찾아와 친구가 죽

지 않도록 구해줘서 고맙다고 따뜻하게 인사했다. 도로시는 커다란 사자를 무척 좋아하게 되었기에 사자가 위험에서 빠져나와 무척 기뻤다.

곧 들쥐들은 수레와 연결된 끈을 풀고 풀밭 사이로 흩어져 집으로 돌아갔다. 들쥐 여왕은 마지막까지 남아 있었다.

"다시 도움이 필요하거든 들판으로 나와서 우리를 불러. 그러면 그 소리를 듣고 도우러 올게. 잘 가!"

"잘 가요!"

도로시와 친구들이 인사했고 여왕은 쪼르르 멀어졌다. 그동안 도로시는 토토가 들쥐 여왕을 쫓아가 겁을 주지 않도록 꼭 안고 있었다.

도로시 일행은 사자 옆에 앉아서 사자가 깨어나기를 기다렸다. 허수아비가 가까운 나무에서 과일을 따 도로시에게 주었고, 도로시는 그것으로 저녁 식사를 했다.

문지기

겁쟁이 사자는 목숨을 위협하는 향기를 들이마시며 양귀비 꽃밭에 오래 누워 있었기에 한참 뒤에야 깨어났다. 눈을 뜨고 수레에서 굴러떨어진 사자는 아직 살아 있다는 사실을 깨닫고 뛸 듯이 기뻐했다.

사자가 앉아서 하품을 하며 말했다.

"나는 가능한 한 빨리 달렸어. 하지만 꽃향기가 너무 지독했어. 나를 어떻게 데리고 나온 거야?"

도로시와 친구들은 들쥐 여왕과 다른 들쥐들이 너그럽게도 사자를 죽음의 위기에서 구해준 이야기를 들려주었다. 겁쟁이 사자가 껄껄 웃으며 말했다.

"나는 언제나 내가 아주 크고 무서운 동물이라고 생각했어. 하지만 꽃처럼 작은 것이 나를 죽일 뻔하고 들쥐처럼 작은 동물이 내 목숨을 구해주다니. 참 이상하기도 하지! 그나

저나 친구들아, 우린 이제 어떻게 해야 해?"

"노란 벽돌 길을 다시 찾을 때까지 계속 걸어야지. 그래야 에메랄드시로 갈 수 있어." 도로시가 말했다.

사자가 평소처럼 다시 기운을 완전히 차리자, 일행은 다 함께 길을 나서 싱그러운 풀밭 사이를 매우 즐겁게 걸었다. 얼마 지나지 않아 노란 벽돌 길에 이르렀고 다시 위대한 오즈가 사는 에메랄드시를 향하게 되었다.

길은 포장이 잘 되어 평탄했고 주변 풍경도 아름다웠다. 길동무들은 숲에서 멀어졌다는 사실, 그 음산한 그늘에서 마주친 수많은 위험으로부터 멀리 벗어났다는 사실이 무척 기뻤다. 길가에 울타리도 다시 나타났다. 울타리는 녹색이었다. 그들은 농가가 분명한 작은 집에 이르렀는데, 그 집도 녹색으로 칠해져 있었다. 도로시와 친구들은 오후에 이런 집 몇 채를 지나갔는데 가끔 사람들이 문간으로 나와 뭔가 묻고 싶다는 표정으로 도로시 일행을 바라보았다. 그러나 가까이 다가오거나 말을 거는 사람은 없었는데, 커다란 사자가 몹시 두려웠기 때문이다. 그곳 사람들은 모두 아름다운 에메랄드 빛 녹색 옷을 입고 먼치킨의 모자처럼 뾰족한 모자를 쓰고 있었다.

"여긴 오즈의 땅이 분명해. 우리는 틀림없이 에메랄드시에 가까워지고 있어." 도로시가 말했다.

"맞아. 먼치킨 나라에서는 파란색을 가장 좋아하는데 여기 전부 녹색이야. 하지만 이 나라 사람들은 먼치킨처럼 친절해 보이지 않아. 밤을 보낼 장소를 찾지 못할까 봐 걱정인걸." 허수아비가 대답했다.

"과일 말고 다른 음식을 먹고 싶어. 그리고 토토는 정말이지 굶어 죽기 직전일 거야. 다음에 집이 나타나면 들러서 말해보자." 도로시가 말했다.

꽤 커다란 농가가 나타나자 도로시는 대담하게 그 집으로 다가가 문을 두드렸다.

어떤 여자가 밖이 내다보일 정도로만 살짝 문을 열고 말했다.

"무슨 일이니, 애야? 저 커다란 사자는 왜 너랑 같이 다니는 거니?"

"괜찮으시다면 여기에서 하룻밤 묵어도 될까요? 사자는 제 친구이고 길동무인데 절대 아주머니를 해치지 않을 거예요." 도로시가 대답했다.

"길든 동물이니?" 그 여자가 문을 조금 더 열며 물었다.

"네, 그럼요. 겁도 엄청 많아요. 오히려 사자가 아주머니를 더 무서워할 거예요." 도로시가 말했다.

그 말을 들은 여자는 잠시 생각에 잠겼다가 사자를 다시 슬쩍 쳐다본 뒤에 말했다.

"뭐, 그렇다면 들어와도 돼. 저녁 식사와 잠자리를 마련해주마."

도로시와 친구들은 모두 그 집으로 들어갔다. 그곳에는 여자 외에도 아이 둘과 남자 하나가 있었다. 남자는 다리를 다친 모습으로 구석에 놓인 소파에 누워 있었다. 이 기묘한 일행을 보고 모두 몹시 놀란 눈치였다. 여자가 바쁘게 식탁을 차리는 동안 남자가 물었다.

"다들 어디로 가는 거야?"

"위대한 오즈를 만나러 에메랄드시로 가는 중이에요." 도로시가 말했다.

"아, 그렇구나! 그런데 오즈가 너희를 만나줄까?" 그 남자가 소리쳤다.

"왜요?" 도로시가 대답했다.

"글쎄, 오즈는 누구도 곁에 다가오지 못하게 한다더구나. 나는 에메랄드시에 여러 번 가보았어. 아름답고 멋진 곳이지. 하지만 위대한 오즈를 만나도록 허락받은 적은 없어. 내가 아는 사람 중에서 오즈를 만난 사람은 없단다."

"밖으로 나오지는 않나요?" 허수아비가 물었다.

"전혀. 날마다 자기 궁전의 넓은 알현실에 앉아 있을 뿐이야. 시중드는 사람들도 오즈의 얼굴을 직접 본 적이 없다더구나."

"어떻게 생겼을까요?" 도로시가 물었다.

남자는 생각에 잠긴 표정으로 대답했다.

"설명하기 어려워. 알다시피 오즈는 위대한 마법사고 마음대로 모습을 바꿀 수 있지. 그래서 어떤 이는 오즈가 새처럼 생겼다고 말한단다. 어떤 이는 오즈가 코끼리처럼 생겼다고 하고, 어떤 이는 고양이 같다고 해. 또 다른 사람들에게는 아름다운 요정이나 집안일을 돕는 꼬마 요정, 혹은 자기가 원하는 어떤 모습으로든 나타난다는구나. 하지만 진짜 오즈가 누구인지, 언제 진짜 모습으로 있는지는 아무도 모른단다."

"정말 이상하네요. 하지만 저희는 어떻게든 오즈를 만나야 해요. 그렇지 않으면 지금까지 걸어온 길이 모두 헛수고가 되고 말아요." 도로시가 말했다.

"그 무서운 오즈를 왜 만나겠다는 거야?" 남자가 물었다.

"두뇌를 달라고 하려고요." 허수아비가 간절하게 말했다.

"아, 오즈라면 그 정도는 쉽게 해줄 거야. 두뇌가 필요 이상으로 많을 테니." 남자가 딱 잘라 말했다.

"저는 심장을 달라고 할 거예요." 양철 나무꾼이 말했다.

"어렵지 않을 거다. 오즈는 크기와 모양이 다양한 심장을 잔뜩 모아두었으니까 말이야."

남자가 대답했다.

"저는 용기를 달라고 할 거예요." 겁쟁이 사자가 말했다.

"오즈는 커다란 솥에 용기를 담아 알현실에 보관하지. 넘쳐흐르지 않도록 금 쟁반으로 덮어둔단다. 너에게 얼마든지 나눠줄 거야." 남자가 말했다.

"저는 캔자스로 돌려보내달라고 할 거예요." 도로시가 말했다.

"캔자스가 어디 있는데?" 남자가 놀란 목소리로 물었다.

"저도 몰라요. 하지만 제 고향이니까 세상 어딘가에 있는 건 확실해요." 도로시가 서글프게 대답했다.

"아마 그렇겠지. 음, 오즈는 무엇이든 할 수 있어. 그러니 아마 너에게 캔자스를 찾아주겠지. 하지만 먼저 오즈를 만나야 할 텐데, 그건 몹시 어려운 일이야. 위대한 오즈는 아무도 만나려 하지 않고 대개는 하고 싶은 대로 하니까. 그런데 대체 너는 뭘 부탁하려는 거냐?" 남자가 토토에게 말을 걸었다. 토토는 꼬리를 흔들 뿐이었다. 이상한 말이지만 토토는 말을 할 수 없기 때문이다.

그때 집주인 여자가 저녁 식사가 준비되었다고 외쳤다. 모두 식탁에 둘러앉았고 도로시는 맛 좋은 죽과 달걀 볶음 한 그릇, 맛있는 흰 빵 한 접시를 즐겁게 먹었다. 사자는 죽을 약간 먹었지만, 이것이 귀리로 만든 죽이고 귀리는 사자가 아니라 말이 먹는 음식이라 말하며 별로 좋아하지 않았다. 허수아비와 양철 나무꾼은 아무것도 먹지 않았다. 토토는 모든 음식을 조금씩 먹었고 다시 훌륭한 저녁 식사를 하게 되어 즐거워했다.

집주인 여자는 도로시에게 잠잘 침대를 준비해주었고 토토는 도로시 곁에 누웠으며, 사자는 아무도 도로시를 방해하지 않도록 방문을 지켰다. 허수아비와 양철 나무꾼은 물론 잠을 잘 수 없었기에 조용히 방 한구석에 서서 밤을 보냈다.

다음 날 아침, 해가 뜨자마자 일행은 다시 길을 나섰다. 곧 하늘에서 아름답게 번쩍이는 녹색 빛이 눈앞에 나타났다.

"저곳이 틀림없이 에메랄드시야." 도로시가 말했다.

걸음을 옮길수록 녹색 빛이 점점 밝아졌고 마침내 여행의 끝이 가까워지는 것 같았다. 그러나 친구들은 오후가 되어서야 도시를 에워싼 거대한 성벽에 이르렀다. 성벽은 높고 두꺼웠으며 밝은 녹색이었다.

도로시 일행 앞에, 그러니까 노란 벽돌 길이 끝나는 곳에 커다란 문이 있었다. 문에 촘촘히 박힌 에메랄드가 햇빛을 받아 얼마나 번쩍거리는지, 그 광채에 허수아비마저 물감으로 그려 넣은 눈이 시릴 지경이었다.

문 옆에 초인종이 하나 있었다. 도로시가 초인종을 누르자 안에서 딸랑딸랑 은방울 소리가 들렸다. 곧 커다란 문이 천천히 열렸고, 문을 지나 안으로 들어가니 높고 둥근 천장으로 덮인 방이었는데 벽에서 수없이 많은 에메랄드가 반짝거렸다.

앞에는 먼치킨처럼 자그마한 남자가 서 있었다. 머리부터 발끝까지 녹색으로 차려입었고 피부에도 녹색이 감돌았다. 그 남자의 옆에는 커다란 녹색 상자가 하나 놓여 있었다.

도로시 일행을 본 남자가 물었다.

"에메랄드시를 찾아온 이유가 무엇입니까?"

"위대한 오즈를 만나러 왔어요." 도로시가 대답했다.

대답을 들은 남자는 깜짝 놀라 잠시 자리에 앉더니 생각에 잠겼다. 곧 당혹스러운 얼굴로 고개를 저으며 말했다.

"오즈 님을 만나게 해달라는 사람을 정말 오랜만에 봅니다. 오즈 님은 강하고 무서운 분입니다. 의미 없고 어리석은 용건으로 찾아와 그 위대한 마법사의 현명하고 깊은 생각을 방해한다면, 화가 나서 여러분 모두를 그 자리에서 없애버릴지도 모릅니다."

"하지만 어리석은 일도, 의미 없는 일도 아니에요. 중요한 일입니다. 그리고 오즈는 착한 마법사라고 하던데요." 허수아비가 대답했다.

"그건 그렇습니다. 그리고 현명하고 훌륭하게 에메랄드시를 다스리시지요. 하지만 정직하지 않거나 호기심 때문에 접근하는 이에게는 아주 무서운 분입니다. 감히 그분의 얼굴을 보게 해달라고 부탁한 사람은 거의 없었어요. 저는 성문의 문지기이며, 위대한 오즈 님을 만나게 해달라니 여러분을 그분의 궁전으로 데려가야겠군요. 하지만 우선 안경을 써야 합니다." 온몸이 녹색인 남자가 말했다.

"왜요?" 도로시가 물었다.

"안경을 쓰지 않으면 에메랄드시의 찬란한 광채 때문에 눈이 멀 테니까요. 여기 사는 사람들도 밤낮으로 안경을 써야 합니다. 안경은 모두 자물쇠로 잠그는데 에메랄드시를 처음 세울 때 오즈 님이 그렇게 명령하셨기 때문입니다. 그 자물쇠를 여는 유일한 열쇠는 제게 있지요."

녹색 남자는 커다란 상자를 열었다. 도로시가 보니 상자에는 크기와 모양이 다양한 안경이 잔뜩 들어 있었다. 안경의 유리알은 모두 녹색이었다. 문지기는 도로시에게 딱 맞는 안경을 찾아 눈에 씌워주었다. 안경에는 금색 줄이 두 개 달렸는데 그 줄을 머리 뒤쪽으로 돌린 다음 문지기의 목걸이 끝에 달린 작은 열쇠로 잠갔다. 그렇게 안경을 쓰자 벗고 싶어도 벗을 수 없었다. 물론 도로시는 에메랄드시의 광채에 눈이 멀고 싶지 않았기에 아무 말도 하지 않았다.

녹색 남자는 허수아비와 양철 나무꾼, 사자, 심지어는 작은 토토에게도 딱 맞는 안경을 씌웠다. 그리고 모든 안경을 그 열쇠로 단단히 잠갔다.

문지기는 자기도 마찬가지로 안경을 쓰더니 궁전으로

안내할 준비가 끝났다고 말했다. 벽에 걸린 못에서 커다란 금색 열쇠를 가져와 다른 문을 열었고, 도로시와 친구들은 그를 따라 문을 지나 에메랄드시의 거리에 들어섰다.

오즈가 다스리는 멋진 에메랄드시

녹색 안경으로 눈을 보호했는데도, 처음에는 멋진 에메랄드시의 광채에 눈이 부셨다. 거리에는 아름다운 집들이 늘어섰는데 모두 녹색 대리석으로 지었고 어디에나 반짝거리는 에메랄드가 박혀 있었다. 일행이 걷는 보도 역시 녹색 대리석이 깔려 있었는데, 돌과 돌 사이에는 에메랄드가 한 줄로 아주 촘촘히 박혀 환한 햇빛 속에서 반짝거렸다. 창문 유리는 녹색이었다. 도시 위로 펼쳐진 하늘마저 녹색이었고 햇빛도 녹색이었다.

남자와 여자, 아이 등 걸어 다니는 사람이 많았는데 모두 녹색 옷을 입었고 피부도 녹색 빛이었다. 사람들은 이상하다는 눈빛으로 도로시와 이 기묘하고도 다채로운 일행을 바라보았고, 아이들은 사자를 보고 달아나 어머니 뒤로 몸을 숨겼다. 그러나 말을 거는 사람은 없었다. 거리에는 상점

이 많았는데 도로시가 보니 상점 안에 있는 물건이 모두 녹색이었다. 녹색 사탕과 녹색 팝콘에 녹색 구두, 녹색 모자, 온갖 종류의 녹색 옷들을 팔았다. 어느 상점에서는 어떤 남자가 녹색 레모네이드를 팔고 있었는데 도로시는 아이들이 음료를 살 때 녹색 동전으로 값을 치르는 모습을 보았다.

말이나 그 밖의 어떤 동물도 없는 것 같았다. 사람들은 작은 녹색 수레에 물건을 실어 밀고 다녔다. 모두가 행복하고 만족스럽고 풍요로워 보였다.

문지기는 도로시 일행을 데리고 거리를 지나다가 마침내 에메랄드시 한가운데에 있는 커다란 건물 앞에 이르렀다. 위대한 마법사 오즈의 궁전이었다. 문 앞에는 녹색 제복을 입고 녹색 수염을 길게 늘어뜨린 병사 한 명이 서 있었다.

"처음 오신 분들이라네. 위대한 오즈 님을 만나게 해달라는군." 문지기가 병사에게 말했다.

"들어오십시오. 그분께 말씀 전하겠습니다." 병사가 대답했다.

도로시 일행은 궁전 정문을 지나 커다란 방으로 들어갔는데, 바닥에는 녹색 양탄자가 깔리고 아름다운 녹색 가구에는 에메랄드가 박혀 있었다. 병사는 이 방에 들어오기 전에 모두에게 녹색 매트에 발을 닦도록 했고, 도로시와 친구들이 자리에 앉자 정중하게 말했다.

"알현실 문 앞으로 가서 오즈 님께 여러분이 오셨다고 말씀드릴 테니, 편히 기다려주십시오."

친구들이 아주 오래 기다린 뒤에야 병사가 돌아왔다. 마침내 병사가 돌아왔을 때 도로시가 물었다.

"오즈 님을 만난 적이 있나요?"

"아, 아닙니다. 그분을 뵌 적은 없습니다. 하지만 장막 뒤에 앉아계시는 그분과 이야기를 나누었고 여러분의 말씀을 전했습니다. 오즈 님은 그렇게 원한다면 알현을 허락하겠다고 말씀하셨습니다. 그러나 여러분은 한 명씩만 방에 들어가야 하며, 오즈 님은 하루에 한 명씩만 만나실 겁니다. 따라서 며칠 동안 궁전에 머물러야 하니, 먼 길을 오신 여러분이 편히 쉴 방으로 안내하겠습니다." 병사가 말했다.

"고맙습니다. 오즈 님은 무척 친절한 분이군요." 도로시가 대답했다.

병사가 녹색 호루라기를 불자 곧바로 예쁜 녹색 비단 원피스를 입은 소녀가 방으로 들어왔다. 녹색 머리카락과 녹색 눈동자가 아름다운 그 소녀는 도로시 앞에서 허리를 숙이며 말했다.

"따라오시면 방으로 안내해드리겠습니다."

도로시는 토토를 제외한 나머지 친구들에게 인사를 했다. 토토를 품에 안고 녹색 소녀를 따라 복도 일곱 개를 지나고 층을 세 개 오른 다음, 궁전 앞쪽에 있는 방에 이르렀다. 어떤 방보다도 귀엽고 아담한 방으로, 부드럽고 안락한 침대에는 녹색 비단 침대보가 깔렸고 녹색 벨벳 이불이 덮여 있었다. 방 가운데에는 자그마한 분수가 하나 있었고 분수가 공중으로 뿌리는 녹색 향수가 아름다운 조각을 새긴 녹색 대리석 수반으로 떨어지고 있었다. 창가에는 아름다운 녹색 꽃들이 놓였고 작은 녹색 책을 나란히 꽂은 책장이 하나 있었다. 잠깐 그 책들을 펼쳐보니 기묘한 녹색 그림이 가득했는데 그림이 무척 우스워서 도로시는 웃음을 터뜨렸다.

옷장에는 명주와 공단, 벨벳 등 여러 비단으로 만든 녹색 원피스가 많이 있었다. 모두 도로시에게 딱 맞았다.

"집처럼 편히 지내시면 돼요. 필요한 것이 있으면 종을 울리시고요. 오즈 님께서 내일 아침에 부르실 거예요." 녹색 소녀가 말했다.

소녀는 도로시를 남겨두고 다른 친구들에게 되돌아갔다. 그런 다음 한 명씩 방으로 안내했는데, 모두 궁전의 아주 쾌적한 방에 묵게 되었다. 물론 이런 정중한 대접이 허수아비에게는 아무 쓸모가 없었다. 허수아비는 방에 홀로 남자, 아침이 오기를 기다리며 입구 바로 안쪽 자리에 미련스럽게 서 있기 때문이다. 누워도 쉬는 게 아닐 테고 눈을 감을 수도 없었다. 그래서 허수아비는 굉장히 멋진 방에 들어온 사람답지 않게, 방의 한 귀퉁이에서 집을 짓는 작은 거미를 밤새 멍하니 바라보기만 했다. 양철 나무꾼은 습관적으로 침대에 누웠다. 몸이 피와 살로 만들어졌던 때를 기억하기 때문이었다. 하지만 잠들 수 없었기에 관절이 잘 작동하는지 확인하려고 팔다리를 올렸다 내렸다 하면서 밤을 보냈다. 사자는 숲속의 마른 나뭇잎으로 만든 잠자리가 더 좋았기에 방에 갇혔다는 사실이 마음에 들지 않았다. 그러나 그런 문제로 걱정할 만큼 어리석지 않았기에 침대로 펄쩍 뛰어올라 고양이처럼 몸을 둥글게 말고 금세 가르랑거리며 잠에 빠졌다.

다음 날 아침, 식사를 마치자 녹색 소녀가 도로시를 데리러 왔다. 도로시는 녹색 공단으로 만든 아주 예쁜 원피스를 입었다. 녹색 명주 앞치마를 두르고 토토의 목에 녹색 리본을 매준 다음, 위대한 오즈의 알현실로 향했다.

처음에 넓은 방에 들어가니 화려한 옷을 차려입은 궁중의 수많은 귀부인과 신사들이 모여 있었다. 이 사람들은 서로 이야기만 나눌 뿐 달리 하는 일이 없었고, 알현을 허락받은 적이 없는데도 매일 아침 찾아와 알현실 밖에서 기다렸다. 도로시가 방에 들어서자 사람들은 신기하다는 듯이 도로시를 바라보았고, 그중 한 명이 낮은 목소리로 말했다.

"정말 그 무서운 오즈 님의 얼굴을 직접 뵐 작정이니?"

"물론이에요. 저를 만나주신다면." 도로시가 대답했다.

"물론 아가씨를 만나주실 겁니다. 사람들의 알현 요청을 좋아하시지는 않지만 말입니다. 사실 처음에는 화를 내시며 돌려보내라고 말씀하셨습니다. 그러다가 아가씨의 모습이 어떤지 물어보셨고, 은 구두를 신었다고 말씀드렸더니 아주 큰 관심을 보이셨습니다. 결국 제가 아가씨의 이마에 찍힌 자국에 대해 말씀드렸고, 알현을 허락하기로 하신 것입니다." 마법사 오즈에게 도로시의 말을 전했던 병사가 말했다.

바로 그때 종이 울렸고, 녹색 소녀가 도로시에게 말했다.

"저게 신호예요. 알현실에 혼자 들어가셔야 해요."

녹색 소녀는 작은 문을 열어주었다. 도로시가 용감하게 방으로 들어갔더니 아주 멋진 공간이 보였다. 높은 반구형 천장으로 덮인 넓고 둥근 방이었는데, 벽과 천장과 바닥에 커다란 에메랄드가 촘촘히 박혀 있었다. 천장 중앙에는 해처럼 밝은 커다란 등이 달렸고 그 불빛 덕분에 에메랄드가 놀라운 모습으로 반짝거렸다.

그러나 무엇보다도 도로시의 관심을 끈 것은 방 한가운데 놓인 커다란 녹색 대리석 옥좌였다. 의자 모양이었고 다른 것들과 마찬가지로 보석이 박혀 반짝거렸다. 의자 중앙에는 커다란 머리가 있었는데 머리를 지탱하는 몸통이나 팔다리 같은 부위가 없었다. 머리카락은 한 올도 보이지 않았지만 눈, 코, 입은 있었고 세상에서 가장 큰 거인의 머리보다도 훨씬 클 것 같았다.

　도로시가 놀랍고도 두려운 마음으로 그 머리를 응시하고 있을 때 머리에 달린 눈이 천천히 움직여 도로시를 날카롭게 바라보았다. 입이 움직이더니 도로시의 귀에 다음과 같은 목소리가 들렸다.

　"나는 위대하고 무서운 오즈다. 너는 누구이며, 왜 나를 만나고자 하였느냐?"

　도로시가 그 커다란 머리에서 나올 거라고 생각한 만큼 무시무시한 목소리는 아니었다. 그래서 도로시는 용기를 내서 대답했다.

　"저는 작고 온순한 도로시입니다. 도움을 청하러 왔어요."

　오즈의 눈동자가 한참이나 신중하게 도로시를 바라보았다. 곧 목소리가 말했다.

　"은 구두는 어디에서 얻었느냐?"

　"못된 동쪽 마녀에게서 얻었어요. 우리 집이 떨어져 그 마녀를 죽였을 때요." 도로시가 대답했다.

　"이마의 그 표시는 어디에서 얻었느냐?" 목소리가 말을 이었다.

　"착한 북쪽 마녀가 저를 오즈 님께 보내며 작별 인사를 할 때 입을 맞춰주셨어요." 도로시가 말했다.

이번에도 오즈의 눈은 도로시를 날카롭게 쳐다보았고 도로시의 말이 사실임을 깨달았다.

"내게 바라는 것이 무엇이냐?" 오즈가 물었다.

"저를 엠 아주머니와 헨리 아저씨가 계시는 캔자스로 돌려보내주세요. 이 나라는 아름답지만 저는 이곳이 마음에 들지 않아요. 그리고 엠 아주머니는 제가 이렇게 오랫동안 나타나지 않아서 굉장히 걱정하실 거예요."

오즈의 눈이 세 번 끔뻑거리더니 천장을 향했다가 바닥을 내려다보았다가 괴상하게 데굴데굴 돌았다. 마치 방을 구석구석 살피는 것 같았다. 마침내 두 눈이 다시 도로시를 향했다.

"내가 왜 그 부탁을 들어줘야 하지?" 오즈가 물었다.

"오즈 님은 강하고 저는 약하니까요. 당신은 위대한 마법사고 저는 작은 소녀일 뿐이니까요."

"그러나 너는 못된 동쪽 마녀를 죽일 만큼 강하지 않으냐." 오즈가 말했다.

"우연히 그렇게 됐어요. 제가 어떻게 한 게 아니에요." 도로시가 솔직하게 대답했다.

"자, 내 대답을 들려주겠다. 너는 내게 캔자스로 돌려보내달라고 말할 권리가 없다. 보답으로 내게 무언가를 해주지 않는다면 모를까. 이 나라에서는 모두가 무언가를 얻으려면

대가를 치러야 한다. 내가 마법의 힘으로 너를 고향에 돌려보내주기를 바란다면, 먼저 나를 위해 무엇이든 해라. 네가 나를 도우면 나도 너를 돕겠다."오즈의 머리가 말했다.

"제가 무얼 해야 하는데요?"도로시가 물었다.

"못된 서쪽 마녀를 죽여라."오즈가 대답했다.

"제가 어떻게요?"깜짝 놀란 도로시가 외쳤다.

"너는 못된 동쪽 마녀를 죽이고 강한 마법의 힘이 깃든 은 구두를 차지했다. 이제 이 땅을 통틀어 못된 마녀는 하나만 남았다. 그 마녀가 죽었다고 내게 알려주면 너를 캔자스로 돌려보내주마. 하지만 그전에는 안 된다."

어린 소녀 도로시는 몹시도 실망해서 울기 시작했다. 오즈의 눈이 다시 끔뻑거리며 도로시를 애타게 바라보았다. 위대한 오즈는 도로시가 마음만 먹으면 그를 도와줄 수 있다고 생각하는 모양이었다.

"저는 뭔가를 일부러 죽인 적이 없어요. 그렇게 하고 싶다고 해도, 어떻게 못된 마녀를 죽일 수 있겠어요? 위대하고 무서운 오즈 님도 그 마녀를 죽이지 못하는데, 제가 어떻게 죽일 수 있단 말인가요?"도로시가 흐느끼며 말했다.

"나도 모른다. 그러나 그게 내 대답이다. 못된 마녀가 죽을 때까지 너는 너희 아주머니와 아저씨를 다시 만나지 못할 것이다. 그 마녀가 사악하다는 사실, 끔찍할 정도로 사악하다는 사실과 죽여야만 한다는 사실을 기억해라. 이제 가거라. 이 임무를 완수할 때까지 다시 나를 만날 생각은 하지 마라." 오즈의 머리가 말했다.

도로시는 슬픈 마음으로 알현실을 나와서 사자와 허수아비와 양철 나무꾼이 있는 곳으로 돌아갔다. 친구들은 오즈가 뭐라고 말했는지 궁금해서 기다리고 있었다.

"내겐 희망이 없어. 내가 못된 서쪽 마녀를 죽일 때까지는 집에 보내주지 않겠대. 난 절대 할 수 없는 일인걸." 도로시가 슬퍼하며 말했다.

친구들은 안타까워했지만 도로시를 도울 방법이 없었다. 도로시는 자기 방으로 돌아가 침대에 누워 울다가 잠이 들었다.

이튿날 아침, 녹색 수염을 늘어뜨린 병사가 허수아비를 찾아와서 말했다.

"오즈 님께서 부르시니 따라오십시오."

허수아비는 병사를 따라갔고 넓은 알현실로 들어갔다. 거기서 허수아비는 매우 아름다운 귀부인이 에메랄드 옥좌에 앉은 모습을 보았다. 귀부인은 가볍고 투명한 녹색 비단 옷을 입고 물결처럼 흘러내린 녹색 머리카락 위에 보석 왕관을 쓰고 있었다. 어깨에는 날개가 달렸는데 색깔이 아주 화려하고 매우 가벼워서 숨결이 약간 닿기만 해도 나풀거렸다.

허수아비는 몸속의 지푸라기들이 허락하는 만큼 최대한 얌전하게 몸을 숙여 이 아름다운 귀부인에게 인사했고 귀부인은 허수아비를 다정하게 바라보며 말했다.

"나는 위대하고 무서운 오즈다. 너는 누구이며, 왜 나를 만나러 왔느냐?"

도로시가 말한 거대한 머리를 볼 줄 알았던 허수아비는 깜짝 놀랐다. 그러나 용감하게 대답했다.

"저는 짚으로 채운 허수아비에 불과합니다. 그래서 두뇌가 없습니다. 짚 대신 제 머리에 뇌를 넣어달라고 말씀드리러 왔습니다. 당신이 다스리는 나라의 다른 사람들과 비슷해지도록 말입니다."

"내가 왜 그 부탁을 들어줘야 하지?" 귀부인이 물었다.

"현명하고 강한 분이니까요. 그리고 다른 누구도 저를 도울 수 없기 때문입니다." 허수아비가 대답했다.

"나는 대가 없이 호의를 베풀지 않는다. 그러나 이것만은 장담하겠다. 네가 나를 위해 못된 서쪽 마녀를 죽인다면, 네게 훌륭한 두뇌를 많이 줄 것이다. 아주 좋은 뇌라서 너는 오즈의 나라에서 가장 현명한 사람이 될 것이다." 오즈가 말했다.

"도로시에게 그 마녀를 죽이라고 말씀하신 줄 알았는데요." 허수아비가 놀라서 말했다.

"그랬지. 누가 그 마녀를 죽이든지 상관없다. 그러나 마녀가 죽을 때까지는 네 소원을 들어주지 않을 것이다. 이제 가거라. 네가 그토록 바라는 두뇌를 얻을 자격을 갖추기 전까지는 다시 나를 찾지 마라."

허수아비는 슬픔에 젖어 친구들에게 돌아왔고 오즈가 한 말을 들려주었다. 도로시는 위대한 오즈가 자신이 보았듯이 거대한 머리가 아니라 아름다운 귀부인이라는 이야기를 듣고 놀랐다.

"양철 나무꾼에게 심장이 필요하듯이 그분에게도 심장이 필요한 것 같아." 허수아비가 말했다.

이튿날 아침, 녹색 수염을 늘어뜨린 병사가 양철 나무꾼을 찾아와 말했다.

"오즈 님이 부르십니다. 따라오십시오."

그래서 양철 나무꾼은 병사를 따라 넓은 알현실로 들어갔다. 오즈가 아름다운 귀부인으로 나타날지 아니면 거대한 머리로 나타날지 알 수 없었지만, 부디 아름다운 귀부인이기를 바랐다.

"머리가 나타난다면, 나는 분명 심장을 얻지 못할 테니까. 머리만 있고 심장이 없는데 내 마음을 어떻게 이해하겠어. 하지만 아름다운 귀부인이라면 심장을 달라고 간절히 부탁해볼 거야. 귀부인들은 모두 상냥하다고 하니까." 양철 나무꾼이 중얼거렸다.

　　그러나 넓은 알현실로 들어갔을 때, 나무꾼은 거대한 머리도 귀부인도 보지 못했다. 오즈가 무시무시한 야수의 모습으로 나타났기 때문이다. 몸집이 코끼리만큼 컸는데 녹색 왕좌는 그 무게를 버틸 만큼 튼튼해 보이지 않았다. 야수의 머리는 코뿔소와 비슷했고 얼굴에 눈이 다섯 개 달려 있었다. 몸에서 긴 팔 다섯 개가 뻗어 나왔고 길고 가느다란 다리도 다섯 개였다. 두꺼운 양털이 몸 곳곳을 뒤덮었는데 이보다 끔찍한 괴물은 상상할 수 없을 것 같았다. 그 순간에는 양철 나무꾼에게 심장이 없어서 다행이었다. 심장이 있었다면 두려운 나머지 큰 소리를 내며 빠르게 쿵쾅거렸을 것이다. 그러나 양철로만 만들어졌기에 나무꾼은 몹시 실망했을 뿐 조금도 두렵지 않았다.

　　"나는 위대하고 무서운 오즈다. 너는 누구이며, 왜 나를 만나고자 하였느냐?" 야수가 울부짖듯이 큰 소리로 말했다.

　　"저는 나무꾼이고 양철로 만들어졌습니다. 그래서 심장이 없고 사랑할 수도 없습니다. 부디 제가 다른 사람들처럼 되도록 심장을 주십시오."

　　"내가 왜 그 부탁을 들어줘야 하지?" 야수가 물었다.

　　"제가 이렇게 부탁드리기 때문이고, 당신만이 제 부탁을 들어주실 수 있기 때문입니다." 나무꾼이 대답했다.

오즈는 낮게 으르렁거렸지만 퉁명스럽게 대꾸했다.

"정말 심장을 갖고 싶다면, 자격을 갖춰야 한다."

"어떻게 말입니까?" 나무꾼이 물었다.

"도로시를 도와 못된 서쪽 마녀를 죽여라. 마녀가 죽으면 나를 찾아오너라. 그러면 너에게 오즈의 나라에서 가장 크고 가장 친절하며 가장 다정한 심장을 주겠노라." 야수가 대답했다.

나무꾼은 어쩔 수 없이 슬퍼하며 친구들에게 되돌아갔고 무서운 야수를 본 이야기를 들려주었다. 친구들 모두 이 위대한 마법사가 다양한 모습으로 나타날 수 있다는 사실에 몹시도 감탄했다. 사자가 말했다.

"내가 오즈를 만나러 갔는데 야수의 모습이라면 아주 아주 크게 울부짖을 거야. 너무 무서운 나머지 내 부탁을 전부 들어주도록 말이야. 혹시 아름다운 귀부인이라면, 펄쩍 달려드는 시늉을 해서 내 부탁을 어쩔 수 없이 들어주게 하겠어. 그리고 커다란 머리라면, 내게 자비를 빌어야 할걸. 우리가 원하는 것을 준다고 약속할 때까지 그 머리를 굴리면서 방 안을 돌아다닐 거니까. 친구들아, 모두 기운 내. 다 잘될 거야."

이튿날 아침, 녹색 수염을 늘어뜨린 병사가 사자를 넓은 알현실로 데려갔고 오즈를 만나려면 방으로 들어가라고 했다.

사자는 즉시 문을 지났고 방 곳곳을 힐끔거리다가 옥좌

에 놓인 불덩이를 보고 깜짝 놀랐다. 얼마나 맹렬하게 번쩍거리며 타오르는지 쳐다볼 수가 없을 지경이었다. 처음에는 오즈가 어쩌다 불길에 휩싸여 타오르고 있다는 생각이 들었다. 그러나 더 가까이 다가가려 했을 때 열기가 매우 뜨거워지면서 사자의 수염 하나가 불길에 그을렸고, 사자는 무서워서 몸을 떨며 입구 쪽으로 뒷걸음질 치며 기어갔다.

불덩이에서 낮고 조용한 목소리가 들려왔다.

"나는 위대하고 무서운 오즈다. 너는 누구이며 왜 나를 만나고자 하느냐?"

"저는 모든 것이 두려운 겁쟁이 사자입니다. 저에게 용기를 달라고 부탁드리러 왔습니다. 그래서 사람들 말처럼 정말 동물의 왕이 되도록 말이에요." 사자가 대답했다.

"내가 왜 너에게 용기를 줘야 하지?" 오즈가 물었다.

"위대한 마법사 중에서도 당신이 가장 위대하며, 당신만이 제 부탁을 들어줄 힘이 있으니까요." 사자가 대답했다.

불덩이가 한 차례 맹렬히 타오르더니 목소리가 말했다.

"못된 마녀가 죽었다는 증거를 가져오너라. 그러면 곧바로 너에게 용기를 주마. 그러나 그 마녀가 살아 있는 한, 너는 겁쟁이로 살아야 할 것이다."

사자는 그 말에 화가 났지만 아무런 대답을 할 수 없었다. 말없이 서서 불덩이를 바라보는데 불덩이가 무서울 정도로 뜨거워져서 사자는 꼬리를 내리고 방에서 뛰어나왔다. 기다리던 친구들을 만나자 무척 반가웠고, 친구들에게 마법사와의 만남이 어땠는지를 들려주었다.

"이제 어떻게 하지?" 도로시가 서글프게 말했다.

"우리가 할 수 있는 행동은 딱 하나야. 윙키들의 땅으로 가서 사악한 마녀를 찾아 없애는 거지." 사자가 대답했다.

"혹시 그렇게 하지 못하면?" 도로시가 말했다.

"그럼 나는 결코 용기를 얻지 못할 거야." 사자가 단호하게 말했다.

"나는 결코 두뇌를 얻지 못할 거고." 허수아비가 덧붙였다.

"나는 결코 심장을 갖지 못하겠지." 양철 나무꾼이 말했다.

"그리고 나는 엠 아주머니와 헨리 아저씨를 다시는 만나지 못할 거야." 도로시는 이렇게 말하며 울기 시작했다.

"조심하세요! 녹색 명주 드레스에 눈물이 떨어지면 얼룩이 져요." 녹색 소녀가 말했다.

도로시는 눈물을 닦고 말했다.

"아무래도 한번 해봐야겠어. 하지만 엠 아주머니를 다시 만나기 위해서라고 해도, 정말이지 다른 사람을 죽이고 싶지는 않아."

"내가 함께 갈게. 하지만 나는 너무 겁이 많아서 마녀를 죽일 수가 없어." 사자가 말했다.

"나도 함께 갈 거야. 하지만 나는 영리하지 않아서 너희에게 큰 도움이 되지는 못할 거야." 허수아비가 말했다.

"나는 심장이 없어서 마녀를 해칠 마음도 없어. 하지만 너희가 간다면 나도 반드시 함께 갈 거야." 양철 나무꾼이 말했다.

이렇게 친구들은 다음 날 아침에 길을 나서기로 했다. 나무꾼은 녹색 숫돌에 도끼를 갈고 관절에도 기름을 넉넉히 발랐다. 허수아비는 새 짚으로 몸을 채웠고 도로시는 허수아비가 앞을 더 잘 볼 수 있도록 눈을 새로 그려주었다. 도로시 일행을 아주 친절하게 대접해준 녹색 소녀는 맛있는 음식을 도로시의 바구니에 가득 담고 토토의 목에 녹색 리본을 둘러 작은 종을 달아주었다.

도로시와 친구들은 아주 일찍 잠자리에 든 후 날이 밝을 때까지 곤히 잤다. 그리고 궁전 뒷마당에 사는 녹색 수탉이 울고 녹색 알을 낳은 녹색 암탉이 꼬꼬댁거리자 그 소리에 잠이 깼다.

못된 마녀를 찾아서

녹색 수염을 늘어뜨린 병사는 도로시 일행을 데리고 에메랄드시의 거리를 지나 성문 문지기가 사는 방에 이르렀다. 문지기는 자물쇠를 풀고 안경을 다시 커다란 상자에 넣은 다음, 친구들을 위해 정중하게 문을 열어주었다.

"어느 길로 가야 못된 서쪽 마녀가 사는 곳이 나올까요?" 도로시가 물었다.

"길은 없답니다. 그쪽으로 가고 싶어 하는 사람도 없었고요." 문지기가 대답했다.

"그러면 어떻게 그 마녀를 찾을 수 있을까요?" 도로시가 물었다.

"어렵지 않아요. 여러분이 윙키의 나라에 발을 들였다는 사실을 알면 마녀가 여러분을 찾아내 모두 노예로 만들어버릴 테니까요." 문지기가 대답했다.

"그러지 못할 수도 있어요. 우리가 마녀를 없앨 작정이 니까요." 허수아비가 말했다.

"아, 그럼 얘기가 달라지지요. 지금까지 그 마녀를 없앤 사람은 없으니, 당연히 마녀가 다른 사람들에게 그랬듯이 여러분을 노예로 삼으리라 생각했습니다. 조심해요, 그 마녀는 사악하고 사나워서 순순히 당하지 않을 겁니다. 해가 지는 서쪽으로 계속 가세요. 틀림없이 마녀를 만나게 될 겁니다." 문지기가 당부했다.

도로시와 친구들은 감사와 작별의 인사를 건넨 다음 들국화와 미나리아재비가 여기저기 핀 부드러운 풀밭을 걸어 서쪽으로 향했다. 도로시는 오즈의 궁전에서 입었던 예쁜 비단 원피스를 그대로 입고 있었는데, 놀랍게도 이제 그 옷은 녹색이 아니라 새하얀 색이었다. 토토가 목에 두른 리본도 녹색이 사라지고 도로시의 원피스처럼 흰색이었다.

곧 에메랄드시가 아주 멀어졌다. 걸음을 옮길수록 땅은 더 거칠어졌고 언덕도 자주 나타났는데 서쪽 나라에는 농장이나 집이 없었고 땅을 일구지도 않았기 때문이다.

그늘을 드리워줄 나무가 없었기에 오후가 되자 도로시 일행의 얼굴에 해가 뜨겁게 내리쬐었다. 밤이 되기도 전에 도로시와 토토, 사자는 지친 몸으로 풀밭에 쓰러져 잠이 들었고, 나무꾼과 허수아비는 망을 보았다.

한편 서쪽의 못된 마녀는 눈이 하나뿐이었지만 망원경처럼 능력이 뛰어나서 사방을 볼 수 있었다. 그래서 성문에 앉아 주변을 둘러보다가, 누워서 잠든 도로시와 주위에 있는 친구들을 발견했다. 거리는 아주 멀었지만, 못된 마녀는 자기 나라에 들어와 있는 도로시 일행을 보고는 화가 났다. 마녀는 목에 걸고 있던 은 호루라기를 삑 불었다.

즉시 사방에서 커다란 늑대들이 우르르 달려왔다. 다리가 길고 눈빛이 매서우며 이빨이 날카로웠다.

"저놈들에게 달려가 몸을 갈기갈기 찢어버려라." 마녀가 말했다.

"저놈들을 주인님의 노예로 만들지 않으실 겁니까?" 우두머리 늑대가 물었다.

"아니. 하나는 양철이고 하나는 지푸라기, 하나는 여자아이, 다른 하나는 사자다. 일을 시키기에는 모두 적당하지 않으니 산산조각 내버려라."

"알겠습니다." 우두머리 늑대는 다른 늑대들을 이끌고 전속력으로 달려갔다.

다행히도 허수아비와 양철 나무꾼은 정신이 아주 말짱했고 늑대들이 달려오는 소리를 들었다.

"내가 맡을 테니 내 뒤로 숨어. 녀석들이 오면 내가 상대할게." 나무꾼이 말했다.

나무꾼은 아주 날카롭게 갈아둔 도끼를 움켜쥐었고 우두머리 늑대가 나타나자 팔을 휘둘렀다. 늑대의 머리가 몸통에서 떨어지면서 늑대는 그 자리에서 죽었다. 도끼를 들어 올리자마자 다른 늑대가 달려들었지만, 이번에도 양철 나무꾼이 휘두르는 날카로운 도끼날에 맞아 쓰러졌다. 늑대는 모두 40마리였고 나무꾼은 40번 도끼를 휘둘렀다. 마침내 죽은 늑대가 나무꾼 앞에 산더미처럼 쌓였다.

드디어 양철 나무꾼이 도끼를 내려놓고 허수아비 옆에 앉자, 허수아비가 말했다.

"정말 잘 싸웠다, 친구야."

둘은 이튿날 아침에 도로시가 잠에서 깰 때까지 기다렸다. 도로시는 텁수룩한 늑대들이 수북이 쌓인 광경을 보고 겁을 먹었지만, 양철 나무꾼이 어떻게 된 일인지 이야기해주었다. 도로시는 친구들을 구해준 나무꾼에게 고맙다고 인사하고 바닥에 앉아 아침을 먹었다. 그런 뒤 다시 함께 길을 나섰다.

바로 그날 아침에 못된 마녀는 성문으로 나와서 하나뿐이지만 멀리까지 보이는 눈으로 밖을 살폈다. 늑대가 모두 죽어서 쓰러지고 낯선 일행이 여전히 자신의 나라를 돌아다니는 모습이 보였다. 마녀는 전보다 더욱 화가 나서 은 호루라기를 삑삑 불었다.

즉시 수많은 야생 까마귀들이 하늘을 캄캄하게 뒤덮으며 마녀를 향해 날아왔다.

못된 마녀가 대장 까마귀에게 말했다.

"당장 저 낯선 놈들에게 날아가라. 눈을 뽑아버리고 몸을 갈기갈기 찢어버려라."

야생 까마귀들은 거대한 무리가 되어 도로시와 친구들에게 날아갔다. 도로시는 날아오는 까마귀 떼를 보고 겁에 질렸다.

그러나 허수아비가 말했다.

"이건 내가 맡을게. 다치지 않도록 내 옆에 엎드려."

허수아비를 뺀 나머지 친구들은 바닥에 엎드렸고, 허수아비는 일어선 채 두 팔을 벌렸다. 까마귀들은 허수아비를 보자 겁을 먹었는데 까마귀는 늘 허수아비를 무서워하기 때문이다. 까마귀들은 더 가까이 다가올 엄두를 내지 못했다. 그러나 대장 까마귀가 이렇게 말했다.

"지푸라기로 만든 녀석일 뿐이야. 내가 가서 눈을 쪼아서 뽑아버리겠어."

대장 까마귀가 허수아비에게 날아왔다. 허수아비는 까마귀의 머리를 붙잡아 목을 비틀어 죽였다. 다른 까마귀가 날아오자 허수아비는 그 까마귀의 목도 비틀어버렸다. 까마귀는 40마리였고 허수아비는 40번 목을 비틀었다. 마침내 까마귀는 모두 죽어 허수아비 옆에 떨어졌다. 허수아비가 친구들에게 일어나라고 외쳤고 친구들은 함께 다시 길을 나섰다.

못된 마녀는 다시 밖을 살피다가 수북이 쌓인 까마귀들을 보고 화가 머리끝까지 나서 은 호루라기를 세 번 불었다.

즉시 공중에서 윙윙거리는 시끄러운 소리가 들리더니 검은 벌이 떼지어 마녀에게 날아왔다.

"저 낯선 놈들에게 날아가 침을 쏴서 죽여라!"

마녀가 명령했다. 벌들은 방향을 바꿔 재빨리 날아가 도로시와 친구들이 걷는 곳에 이르렀다. 그러나 양철 나무꾼은 벌떼가 날아오는 모습을 이미 보았고 허수아비도 생각해둔 대책이 있었다.

"내 몸에서 짚을 꺼내 도로시와 개, 사자의 몸을 덮어줘. 그러면 벌들이 침을 쏘지 못할 거야." 허수아비가 나무꾼에게 말했다.

나무꾼은 그 말에 따랐다. 도로시가 토토를 껴안고 사자와 몸을 붙인 채 엎드리자 나무꾼이 지푸라기로 그 위를 빈틈없이 덮었다.

몰려온 벌들이 보니 양철 나무꾼 외에는 침을 쏠 대상이 없었다. 모두 나무꾼에게 달려들어 양철에 벌침을 쏘았지만 나무꾼은 조금도 다치지 않았다. 벌침이 부러지면 벌은 살수가 없어 그것이 검은 벌떼의 최후였다. 나무꾼 주위에 수

북이 쌓인 벌이 마치 석탄 알갱이 더미 같았다.

그때서야 도로시와 사자는 몸을 일으켰고 도로시는 양철 나무꾼을 도와 허수아비가 전처럼 말짱해질 때까지 짚을 허수아비의 몸속에 다시 집어넣었다. 이렇게 도로시 일행은 다시 한번 길을 나섰다.

못된 마녀는 검은 벌들이 석탄 알갱이처럼 소복이 쌓인 모습을 보고는 화가 나서 발을 쾅쾅 구르며 머리카락을 잡아 뜯고 이를 갈았다. 그런 다음 노예인 윙키 열두 명을 불러 날카로운 창을 주면서 저 낯선 놈들을 찾아가 없애라고 명령했다.

윙키는 용감한 민족이 아니었지만, 명령에 따를 수밖에 없어서 앞으로 가다가 도로시와 가까운 곳에 이르렀다. 사자가 큰소리로 울부짖으며 윙키들을 향해 펄쩍 뛰어올랐고, 가여운 윙키들은 너무 놀란 나머지 걸음아 날 살려라 하고 달아났다.

윙키들이 성으로 돌아오자 마녀는 채찍으로 때린 다음 일터로 돌려보냈다. 마녀는 자리에 앉아 이제 어쩌면 좋을지 고민했다. 이 낯선 놈들을 없애려던 모든 계획이 왜 모두 실패로 돌아갔는지 알 수가 없었다. 그러나 이 마녀는 사악하기만 한 것이 아니라 강했기에 곧 어떤 조치를 할지 결정했다.

마녀의 찬장에는 다이아몬드와 루비를 둘러 박은 황금

모자가 하나 있었다. 이 황금 모자에는 마력이 있었다. 그 모자를 가진 사람은 누구든지 날개 달린 원숭이를 세 번 부를 수 있었고 그 원숭이들은 어떤 명령이건 그대로 따랐다. 그러나 이 이상한 생물에게 세 번 이상 명령을 내릴 수는 없었다. 마녀는 황금 모자의 마력을 이미 두 번 이용했다. 한 번은 윙키들을 노예로 삼아 그들의 나라를 다스리게 되었을 때였다. 날개 달린 원숭이들이 마녀를 도와 그 일을 해냈다. 두 번째는 위대한 오즈와 싸워 서쪽 나라에서 오즈를 쫓아냈을 때였다. 이때도 날개 달린 원숭이들은 마녀를 도왔다. 이제 이 황금 모자를 쓸 기회는 한 번뿐이었기에, 마녀는 자신의 힘이 모두 없어질 때까지는 이 모자의 힘을 빌리고 싶지 않았다. 그러나 사나운 늑대와 야생 까마귀와 침을 쏘는 벌이 모두 사라진 데다 노예인 윙키들이 겁쟁이 사자에게 겁을 먹고 달아난 지금, 도로시 일행을 없앨 방법은 하나뿐이었다.

못된 마녀는 찬장에서 황금 모자를 꺼내 머리에 썼다. 그런 다음 왼발로만 서서 천천히 말했다.

"에페, 페페, 카케!"

다음에는 오른발로만 서서 말했다.

"힐로, 홀로, 헬로!"

그리고 나서는 두 발로 서서 큰 소리로 외쳤다.

"지즈지, 주즈지, 지크!"

마법이 힘을 발휘하기 시작했다. 하늘이 캄캄해졌고 공중에서 낮게 우르릉거리는 소리가 들렸다. 수많은 날개가 빠르게 퍼덕거리는 소리와 시끄럽게 꺅꺅거리고 웃어대는 소리가 들려왔다. 어두운 하늘에서 해가 다시 모습을 드러냈을 때, 마녀를 둘러싼 원숭이 떼가 보였다. 저마다 어깨에 크고 강한 날개가 한 쌍씩 달려 있었다.

다른 원숭이들보다 몸집이 더 큰 원숭이 하나가 우두머리인 것 같았다. 우두머리 원숭이가 마녀 가까이 날아와서 말했다.

"세 번째로, 또한 마지막으로 저희를 부르셨군요. 어떤 명령을 내리시겠습니까?"

"내 땅에 들어온 낯선 놈들을 찾아가 사자를 뺀 나머지를 모두 없애버려라. 그 짐승은 나에게 데려와. 말처럼 마구를 씌워서 부려먹을 생각이니까." 마녀가 말했다.

"명령에 따르겠습니다." 우두머리 원숭이가 말했다. 곧 날개 달린 원숭이들은 시끄럽게 꺅꺅거리면서 도로시와 친구들이 걷는 곳으로 날아갔다.

원숭이 몇 마리가 양철 나무꾼을 붙잡아 공중으로 들어올린 뒤 뾰족한 바위가 빽빽하게 깔린 들판으로 날아갔다. 원숭이들은 가여운 나무꾼을 그곳에 떨어뜨렸고, 높은 하늘에서 떨어진 나무꾼은 바위에 세게 부딪히며 온몸이 찌그러지는 바람에 움직일 수도, 끙끙거릴 수도 없었다.

다른 원숭이들은 허수아비를 붙잡아, 긴 손가락으로 허수아비의 옷과 머리에서 짚을 모조리 꺼냈다. 그런 다음에 모자와 신발과 옷을 둘둘 말아서 높은 나무 꼭대기의 가지 사이로 내던졌다.

나머지 원숭이들은 튼튼한 밧줄을 사자에게 던져 몸통과 머리와 다리를 칭칭 휘감았다. 사자는 물거나 할퀴지도 못했고 어떤 식으로든 몸부림칠 수가 없었다. 원숭이들은 사자를 들어 올려 마녀의 성으로 데려갔고, 사자가 달아나지 못하도록 높은 철 울타리로 둘러싸인 작은 마당에 가두었다.

그러나 도로시만큼은 조금도 해칠 수가 없었다. 도로시는 토토를 품에 안은 채 친구들의 슬픈 운명을 지켜보며 곧 자기 차례가 되겠다고 생각했다. 날개 달린 원숭이의 우두머리가 길고 텁수룩한 팔을 내밀고 흉악한 얼굴로 무시무시한 웃음을 지으며 도로시에게 날아왔다. 그러나 도로시의 이마에서 착한 마녀의 입맞춤 자국을 보고는 멈칫하더니, 도로시에게 손대지 말라고 다른 원숭이들에게 몸짓으로 알렸다.

"우리는 이 여자애를 해칠 수가 없어. 착한 힘의 보호를 받고 있기 때문이야. 그게 나쁜 힘보다 더 강하지. 우리가 할 수 있는 일은 이 아이를 마녀의 성으로 데려가 거기 두고 떠나는 것뿐이야."

원숭이들은 조심스럽게 그리고 천천히 도로시를 안고 공중을 재빨리 날아갔다. 마녀의 성에 도착해서는 도로시를 성문 앞에 내려놓았다. 우두머리 원숭이가 마녀에게 말했다.

"우리는 최선을 다해 명령에 따랐습니다. 양철 나무꾼과 허수아비는 죽었고 사자는 이 성의 마당에 묶어두었습니다. 여자애나 그 품에 안긴 개는 감히 해칠 수가 없었습니다. 우리에게 영향을 미치던 당신의 힘은 이제 사라졌습니다. 다시는 우리를 볼 일이 없을 것입니다."

날개 달린 원숭이들은 시끄럽게 깔깔거리고 깩깩거리며 공중으로 날아오르더니 순식간에 자취를 감추었다.

못된 마녀는 도로시의 이마에 있는 자국을 보자 놀랍고도 걱정스러웠다. 날개 달린 원숭이처럼 자기도 이 소녀를 어떤 식으로든 해칠 수 없다는 사실을 잘 알기 때문이었다. 도로시의 발을 내려다본 마녀는 은 구두를 보자 두려워서 덜덜 떨기 시작했다. 그 구두에 어떤 강력한 마법이 깃들었는지 마녀는 알고 있었다. 처음에는 도로시로부터 마냥 달아나고 싶기만 했다. 그러나 우연히 아이의 눈을 들여다보았다가 그 너머에 얼마나 순진한 영혼이 깃들었는지를 알고서는 이 소녀가 은 구두의 놀라운 힘을 모른다는 사실을 깨닫게 되었다. 마녀는 속으로 웃으며 생각했다.

'자신의 능력을 쓸 줄 모르니, 역시 노예로 삼을 수 있겠

군.'

마녀는 도로시에게 거칠고 가혹한 목소리로 말했다.

"따라와. 무조건 내가 시키는 대로 해. 안 그러면 양철 나무꾼과 허수아비에게 했듯이 너를 끝장내 버릴 테다."

도로시는 마녀를 따라 성에 있는 여러 아름다운 방을 지나 마침내 부엌에 도착했다. 마녀는 도로시에게 냄비와 솥을 깨끗하게 닦고 바닥을 청소하고 화덕에 장작을 계속 넣으라고 명령했다.

도로시는 못된 마녀가 자신을 살려두기로 했다는 사실이 기뻤다. 그래서 되도록 열심히 일하기로 마음먹고 순순히 일하러 갔다.

도로시가 열심히 일하는 동안, 마녀는 안뜰로 가서 겁쟁이 사자에게 말처럼 마구를 씌워야겠다고 생각했다. 마차를 타고 싶을 때마다 사자에게 끌게 하면 틀림없이 재미있을 것 같았다. 그러나 마녀가 문을 열자 사자가 큰소리로 울부짖으며 사납게 달려들었고 마녀는 겁이 나서 꽁무니를 빼고 다시 문을 닫았다.

"너에게 마구를 씌우지는 못하겠지만 굶겨 죽일 수는 있어. 내 뜻대로 하기 전까지는 쫄쫄 굶어야 할 거야." 마녀가 문의 쇠창살 사이로 사자에게 말했다.

그 뒤로 마녀는 갇힌 사자에게 먹을 것을 조금도 주지

않았다. 그리고 매일 정오에 안뜰 문 앞으로 가서 물었다.

"이제 말처럼 마구를 쓸 준비가 되었겠지?"

"아니, 여기 들어오면 물어뜯어 버릴 거야." 사자는 이렇게 대답하곤 했다.

사자가 마녀의 뜻대로 할 필요가 없었던 이유는, 밤마다 마녀가 잠든 사이에 도로시가 찬장에서 음식을 꺼내 사자에게 가져다주었기 때문이다. 사자는 음식을 먹고 나서 짚으로 만든 잠자리에 엎드렸고 도로시는 곁에 누워 사자의 부드럽고 텁수룩한 갈기에 머리를 기댄 채, 지금 겪는 어려움에 대해 이야기를 나누면서 탈출 계획을 세우곤 했다. 그러나 성을 빠져나갈 방법을 찾을 수가 없었다. 못된 마녀의 노예이자 마녀가 너무 무서워 명령을 어기지 못하는 노란 윙키들이 끊임없이 보초를 서는 탓이었다.

도로시는 낮 동안 열심히 일해야 했다. 가끔 마녀는 손에 늘 들고 다니는 낡은 우산으로 도로시를 때리겠다고 위협했다. 그러나 사실은 도로시 이마에 있는 자국 때문에 감히 도로시를 때릴 수가 없었다. 도로시는 그 사실을 몰랐으므로 마녀가 자기와 토토를 해칠까 봐 두려움에 떨었다. 한 번은 마녀가 우산으로 토토를 한 대 때렸는데 이 용감하고 작은 개는 마녀에게 달려들어 다리를 물어 앙갚음했다. 토토에게 물린 마녀의 몸에서는 피가 나지 않았다. 너무나 사악해서 몸속의 피가 아주 오래전에 말라버린 것이다.

도로시는 캔자스로, 엠 아주머니에게로 다시 돌아가기가 어느 때보다도 어려워졌다는 사실을 점점 깨달았다. 그래서 아주 슬픈 마음으로 지냈다. 가끔은 한참 동안 서럽게 울었고, 토토는 도로시의 발치에 앉아 도로시의 얼굴을 쳐다보면서 이 어린 주인 때문에 얼마나 마음이 아픈지 알려주려고 우울하게 낑낑거렸다. 토토는 도로시와 함께라면 캔자스에 있건 오즈의 나라에 있건 사실 상관이 없었다. 그러나 이 소녀가 행복하지 않다는 사실을 알았고, 그래서 토토도 행복하지 않았다.

한편 못된 마녀는 도로시가 늘 신고 다니는 은 구두가 몹시 탐이 났다. 마녀의 벌, 까마귀, 늑대 들은 수북이 쌓인 채 말라갔고 황금 모자의 힘도 다 써버린 뒤였다. 그러나 그 은 구두를 손에 넣기만 한다면 잃어버린 모든 것보다 더 큰 힘을 갖게 될 터였다. 마녀는 도로시가 신발을 벗는지 확인한 다음 훔쳐내려고 꼼꼼하게 감시했다. 그러나 도로시는 은 구두를 무척 자랑스럽게 여겼기에 밤이 되어 목욕할 때가 아니면 절대 벗지 않았다. 어둠이 너무 무서웠던 마녀는 밤에 도로시의 방에 가서 구두를 가져올 용기가 없었다. 물은 어둠보다 훨씬 더 무서웠으므로 도로시가 목욕할 때도 가까이 가지 않았다. 사실 이 늙은 마녀는 물을 절대 만지지 않았고 어떻게든 물이 몸에 닿지 않도록 조심했다.

그러나 이 사악한 존재는 아주 교활해서, 원하는 것을 차지할 교묘한 속임수를 드디어 떠올렸다. 마녀는 부엌 바닥 한가운데에 쇠막대를 하나 가져다 두고 그 막대가 인간의 눈에 보이지 않도록 마법을 걸었다. 그래서 도로시는 부엌을 가로지르다가 쇠막대를 보지 못하고 발이 걸려 비틀거리다가 쾅당 엎어졌다. 많이 다치지는 않았지만 엎어지면서 구두 한쪽이 벗겨졌다. 도로시가 손을 뻗기도 전에 마녀가 냉큼 구두를 낚아채 비쩍 마른 자신의 발을 끼워 넣었다.

이 못된 마녀는 계략이 성공했다는 사실이 무척 만족스러웠다. 구두 한쪽을 가지고 있는 한 구두에 깃든 마력의 절반을 가질 수 있기 때문이었다. 이제는 도로시가 방법을 알더라도 구두의 마법을 마녀에게 쓰지 못할 터였다.

예쁜 구두 한쪽을 빼앗긴 도로시는 화가 나서 마녀에게 말했다.

"내 구두 돌려줘요!"

"싫어. 이젠 네 구두가 아니라 내 거야." 마녀가 대꾸했다.

"정말 못된 마녀로군요! 당신은 내 구두를 빼앗아갈 자격이 없어요!" 도로시가 외쳤다.

"그래도 돌려주지 않을 거야. 그리고 언젠가는 다른 한쪽도 빼앗고 말 테다." 마녀가 도로시를 비웃으며 말했다.

그 말에 도로시는 몹시 화가 나서 가까이에 있던 양동이를 들어 거기 담긴 물을 마녀에게 끼얹었다. 마녀는 머리부터 발끝까지 흠뻑 젖어버렸다.

그 순간 이 못된 마녀는 겁에 질려 크게 비명을 질렀고, 도로시가 놀라서 쳐다보는 동안 점점 몸이 오그라들며 작아지기 시작했다.

"네가 한 짓을 봐! 난 곧 녹아 없어지고 말 거야." 마녀가 소리쳤다.

"정말 미안해요." 마녀가 눈앞에서 흑설탕처럼 녹아 없어지는 모습을 보고 도로시는 진심으로 깜짝 놀랐다.

"내가 물에 닿으면 끝장난다는 사실을 몰랐단 말이냐?" 마녀가 절망한 목소리로 울부짖으며 물었다.

"당연히 몰랐어요. 제가 어떻게 알았겠어요?" 도로시가 대답했다.

"아, 몇 분만 지나면 내 몸은 완전히 녹아버릴 테고, 넌 이 성을 차지하겠지. 평생 못되게 살아왔지만, 너처럼 어린 여자아이 때문에 몸이 녹아 사악한 짓을 그만두게 될 줄은 꿈에도 몰랐다. 봐라, 이제 끝이야!"

그 말과 함께 마녀는 형체 없는 갈색 덩어리가 되어 녹아내렸고 부엌 바닥의 깨끗한 판자 위로 퍼지기 시작했다. 마녀가 정말로 완전히 녹아버린 광경을 본 도로시는 양동이에 다시 물을 담아와 그 갈색 덩어리에 쏟아부었다. 그런 다음 그것을 문밖으로 깨끗이 쓸어냈다. 도로시는 늙은 마녀의 몸에서 유일하게 남은 부분인 은 구두를 주워 깨끗이 씻고 천으로 물기를 닦은 다음 다시 신었다. 드디어 무엇이든 마음대로 할 수 있는 자유의 몸이 되었기에, 도로시는 마당으로 달려가 사자에게 못된 서쪽 마녀가 죽었으며 더는 낯선 나라에 갇힌 포로가 아니라는 소식을 전했다.

친구들을 구하다

겁쟁이 사자는 못된 마녀가 물 한 동이에 녹아버렸다는 이야기를 듣고 무척 기뻐했다. 도로시는 곧바로 열쇠로 감옥 문을 열고 사자를 풀어주었다. 둘은 함께 성으로 들어갔고, 도로시는 가장 먼저 윙키들을 모두 불러 모아 이제는 노예가 아니라는 사실을 알려주었다.

노란 윙키들 사이에서 기쁨이 흘러넘쳤다. 아주 오랫동안 못된 마녀를 위해 열심히 일을 해야 했는데 마녀는 언제나 아주 잔인하게 굴었다. 윙키들은 이날을 축일로 정한 다음, 마음껏 먹고 마시고 춤을 추며 하루를 보냈다.

"우리 친구 허수아비와 양철 나무꾼이 함께 있다면 얼마나 좋았을까! 그럼 무척 행복했을 텐데." 사자가 말했다.

"우리가 구할 수 있지 않을까?" 도로시가 걱정스럽게 물었다.

"한번 해보지 뭐." 사자가 대답했다.

둘은 노란 윙키들을 불러 친구들 구하는 것을 도와주겠느냐고 물었고, 윙키들은 자유를 되찾아준 도로시를 위해서라면 무슨 일이든 온 힘을 다해 기꺼이 하겠다고 말했다. 도로시는 가장 현명해 보이는 윙키 몇 명을 뽑아 함께 출발했다. 그날 그리고 그 이튿날도 계속 길을 걷다가 바위투성이 들판에 이르렀는데, 온몸이 부서지고 구부러진 양철 나무꾼이 그곳에 누워 있었다. 나무꾼의 도끼도 근처에 있었지만 날이 녹슬고 손잡이가 부러진 채였다.

윙키들은 양철 나무꾼을 살며시 들어 올려 품에 안고서 노란 성으로 데려갔다. 도로시는 소중한 친구의 처참한 몰골에 눈물을 흘렸고 사자는 엄숙하고 안타까운 표정을 지었다. 성에 도착하자 도로시가 윙키들에게 말했다.

"여러분 중에 혹시 양철공이 있나요?"

"아, 그럼요. 아주 솜씨 좋은 양철공이 여럿 있답니다." 윙키들이 말했다.

"그러면 여기로 데려와주세요." 도로시가 말했다. 양철공들이 온갖 도구가 담긴 바구니를 들고 나타나자 도로시가 물었다.

"양철 나무꾼의 몸에서 찌그러진 곳을 곧게 펴고, 구부릴 곳은 원래 모양대로 구부리고, 끊어진 곳은 땜질해줄 수 있나요?"

양철공들은 나무꾼을 세심하게 살피더니 예전처럼 말짱하게 고칠 수 있겠다고 대답했다. 양철공 윙키들은 성에 있는 넓은 노란색 방으로 들어가 일을 하기 시작했다. 양철 나무꾼의 다리와 몸통과 머리를 망치로 두드리고, 비틀고, 구부리고, 땜질하고, 윤을 내고, 탕탕 내리치면서 사흘 밤 나흘 낮 동안 작업에 몰두했다. 마침내 나무꾼의 몸은 예전처럼 곧게 펴졌고 관절도 전처럼 말짱하게 움직였다. 물론 몇 군데 땜질 자국이 남았지만 양철공들의 솜씨가 훌륭했고 나무꾼은 허영심이 없었기에 그런 자국에 전혀 신경 쓰지 않았다.

드디어 도로시의 방에 들어가 구해줘서 고맙다는 인사를 하게 되었을 때, 나무꾼은 기쁜 나머지 눈물을 흘렸다. 도로시는 나무꾼의 관절이 녹슬지 않도록 그의 얼굴에서 흘러내리는 눈물을 치마 앞자락으로 꼼꼼히 닦아야 했다. 정든 친구를 다시 만난 기쁨에 도로시도 마찬가지로 눈물을 줄줄 흘렸지만 눈물을 닦아낼 필요가 없었다. 사자는 꼬리 끝으로 눈가를 자꾸만 훔치다가 꼬리가 축축해졌기에, 마당으로 나가서 꼬리가 마를 때까지 치켜들고 햇볕을 쬐어야 했다.

도로시가 그동안 있었던 일을 모두 들려주자 양철 나무꾼이 말했다.

"허수아비가 우리 곁에 다시 돌아온다면 얼마나 좋을

까! 그럼 나도 무척 행복할 텐데."

"허수아비도 찾아봐야지." 도로시가 말했다.

도로시는 윙키들을 불러 도와달라고 말했다. 그날 윙키들은 꼬박 하루를 걷고 이튿날에도 조금 걷다가 드디어 날개 달린 원숭이들이 가지 사이로 허수아비의 옷을 내던진 높은 나무에 이르렀다.

나무는 아주 키가 컸고 나무줄기가 너무 미끄러워서 누구도 오를 수가 없었다. 나무꾼이 곧바로 말했다.

"내가 나무를 베어서 넘어뜨릴게. 그러면 허수아비의 옷을 찾을 수 있어."

일찍이 양철공들이 나무꾼의 몸을 수리하는 동안, 다른 금 세공장 윙키들은 순금으로 도끼 손잡이를 만들어 부러진 원래 손잡이 대신 나무꾼의 도끼에 끼워두었다. 또 다른 윙키들은 도끼날에서 녹을 모두 벗겨내고 은처럼 반질반질 빛날 때까지 닦아두었다.

양철 나무꾼은 말을 마치자마자 도끼질을 하기 시작했고 나무는 금세 '쿵' 하고 넘어졌다. 나뭇가지에서 허수아비의 옷이 떨어져 나와 바닥에 뒹굴었다.

도로시는 허수아비의 옷을 주웠고 윙키들은 이를 들고 성으로 돌아가 깔끔한 짚으로 속을 채웠다. 그랬더니, 이럴 수가! 예전처럼 말짱한 허수아비가 나타나 목숨을 구해줘서 고맙다며 몇 번이고 인사했다.

다시 만난 도로시와 친구들은 노란 성에서 행복하게 며칠을 보냈다. 성에는 안락하게 지내는 데 필요한 것이 모두 갖춰져 있었다.

그러나 어느 날 도로시는 엠 아주머니를 떠올리고 이렇게 말했다.

"우리는 오즈를 다시 찾아가서 약속을 지키라고 해야 해."

"맞아, 난 드디어 심장을 갖게 될 거야." 양철 나무꾼이 말했다.

"난 두뇌를 갖게 될 테고." 허수아비가 즐겁게 덧붙였다.

"난 용기를 갖게 되겠지." 사자가 생각에 잠긴 표정으로 말했다.

"그리고 난 캔자스로 돌아갈 거야. 좋아, 내일 에메랄드 시로 떠나자!" 도로시가 손뼉을 치며 외쳤다.

친구들은 그러기로 했다. 이튿날 도로시 일행은 윙키들을 불러 모아 작별 인사를 건넸다. 윙키들은 헤어지기 매우 아쉬워했고, 양철 나무꾼을 무척 좋아했기에 그곳에 남아 자기들과 서쪽 노란 나라를 다스려달라고 간절히 부탁했다. 그러나 도로시와 친구들이 떠나기로 결심했다는 사실을 깨닫고, 윙키들은 토토와 사자에게 금목걸이를 주었다. 도로시에게는 다이아몬드가 박힌 아름다운 팔찌를 선물했다. 그리고 허수아비에게는 넘어지지 않도록 금 손잡이가 달린 지팡이를 주었다. 양철 나무꾼에게는 은으로 만들어 금을 박아 넣고 귀중한 보석으로 장식한 기름통을 주었다.

그 보답으로 나그네들은 한 명씩 차례로 윙키들에게 멋진 연설을 했고 팔이 아플 때까지 악수를 나누었다.

도로시는 여행 중에 필요한 음식을 바구니에 가득 담으려고 마녀의 찬장으로 갔다가 황금 모자를 보았다. 머리에 써보니 맞춘 듯이 꼭 맞았다. 도로시는 황금 모자의 마력에 대해서는 전혀 몰랐으며 그저 모자가 예쁘다고 생각해서 원래 쓰던 모자는 바구니에 넣고 대신 그것을 쓰기로 했다.

여행 준비를 마친 일행은 모두 에메랄드시로 출발했다. 윙키들은 세 번 만세를 부르며 행운이 함께하기를 빌어주었다.

날개 달린 원숭이

못된 마녀의 성과 에메랄드시 사이에 오솔길은커녕 어떤 길
도 없다는 사실을 여러분은 기억할 것이다. 네 길동무가 마
녀를 찾으러 왔을 때 마녀는 그들이 오는 모습을 보고 날개
달린 원숭이를 보내 데려왔다. 이제 미나리아재비와 노란 들
국화가 가득한 넓은 들판 사이에서 돌아가는 길을 찾으려니,
원숭이들에게 붙잡혀 날아올 때보다 훨씬 어려웠다. 물론 해
가 뜨는 쪽, 즉 동쪽으로 곧장 가야 한다는 사실은 알고 있었
다. 도로시와 친구들은 올바른 방향으로 출발했다. 그러나
해가 머리 바로 위에 걸린 정오에는 어디가 동쪽이고 어디
가 서쪽인지 알 수 없었고, 그런 까닭에 드넓은 벌판에서 길
을 잃고 말았다. 그러나 길동무들은 계속 걸음을 옮겼고 밤
이 되었을 때는 달이 떠올라 사방을 환히 비추었다. 도로시
와 친구들은 향기가 달콤한 노란 꽃들 사이에 누워 아침까지

단잠을 잤다. 물론 허수아비와 양철 나무꾼은 예외였다.

이튿날 아침, 해가 구름 뒤에 숨었지만 도로시와 친구들은 마치 어디로 가야 하는지 정확히 안다는 듯이 길을 나섰다.

"걷고 걷다 보면 틀림없이 언젠가는 어딘가에 닿겠지." 도로시가 말했다.

그러나 하루 또 하루가 지나도 눈앞에는 여전히 노란 벌판 외에 아무것도 보이지 않았다. 허수아비는 투덜거리기 시작했다.

"길을 잃은 게 분명해. 어서 길을 찾아 에메랄드시로 가지 않으면, 나는 절대 두뇌를 얻지 못할 거야." 허수아비가 말했다.

"내 심장도 얻지 못하겠지. 오즈의 나라에 도착할 때까지 도저히 기다릴 수가 없는데 정말이지 갈 길이 아주 멀어 보인단 말이야." 나무꾼이 단호하게 말했다.

"알겠지만, 난 어디에도 닿지 못한 채 영원히 떠돌기만 할 용기는 없어." 사자가 낑낑대는 목소리로 말했다.

도로시는 기운이 쭉 빠졌다. 풀밭에 주저앉아 친구들을 바라보았고 친구들은 도로시를 바라보았다. 토토는 태어나서 처음으로 너무 지친 나머지 머리를 스친 나비를 쫓아가지 못했다. 혀를 내밀고 헐떡거리며 이제 어떻게 해야 하느냐고 묻듯이 도로시를 쳐다보았다.

"들쥐들을 부르면 어떨까? 에메랄드시로 가는 길을 우리에게 알려줄 수 있지 않을까?" 도로시가 의견을 냈다.

"맞아! 왜 진작 그 생각을 못했지?" 허수아비가 소리쳤다.

도로시는 들쥐 여왕에게 받은 뒤로 늘 목에 걸고 다니던 작은 호루라기를 불었다. 몇 분 뒤에 작은 발들이 타닥거리는 소리가 들렸고 작은 회색 쥐들이 도로시를 향해 달려왔다. 여왕도 함께였다. 여왕은 찍찍거리는 작은 목소리로 물었다.

"우리 친구들, 무엇을 도와줄까?"

"길을 잃었어요. 에메랄드시로 가는 길을 알려줄 수 있나요?" 도로시가 물었다.

"물론이지. 하지만 아주 멀어. 너희가 줄곧 반대로 걸어왔으니까." 그리고 여왕은 도로시가 쓴 황금 모자를 보더니 말했다.

"그 모자의 마력으로 날개 달린 원숭이들을 부르면 되겠는데? 한 시간 이내에 오즈의 도시로 데려다줄 거야."

"모자에 마력이 있는 줄은 몰랐어요. 어떻게 하면 되죠?" 도로시가 놀란 목소리로 말했다.

"황금 모자 안쪽에 쓰여 있어. 하지만 날개 달린 원숭이를 부를 생각이라면 우리는 달아나야 해. 원숭이들은 장난기가 심해서 우리를 괴롭히는 걸 아주 재미있게 여기니까." 들쥐 여왕이 대답했다.

"우리를 해치지는 않을까요?" 도로시가 걱정스럽게 물었다.

"해치지 않을 거야. 모자를 쓴 사람에게 복종해야 하거든. 그럼, 잘 가!" 여왕은 허둥지둥 모습을 감추었고 들쥐들은 모두 서둘러 여왕을 뒤따랐다.

도로시가 황금 모자 안쪽을 살피니 안감에 적힌 글자가 있었다. 이게 그 주문이 분명하다는 생각이 든 도로시는 지시 사항을 꼼꼼히 읽은 다음 모자를 머리에 썼다.

"에페, 페페, 카케!" 도로시는 왼발로만 서서 말했다.

"뭐라고 말한 거야?" 도로시가 무엇을 하는지 모르는 허수아비가 물었다.

"힐로, 홀로, 헬로!" 이번에는 오른발만 딛고 서서 도로시가 말을 이었다.

"헬로!" 양철 나무꾼이 차분하게 대답했다.

"지즈지, 주즈지, 지크!" 이제는 두 발로 땅을 딛고 서서 도로시가 말했다. 이렇게 마법의 주문을 다 외자 깩깩거리며 날개 치는 시끄러운 소리가 들려왔다. 날개 달린 원숭이 떼가 이쪽으로 날아왔기 때문이다.

우두머리 원숭이가 도로시 앞으로 와서 허리 숙여 인사하더니 이렇게 물었다.

"어떤 명령을 내리시겠습니까?"

"우린 에메랄드시로 가고 싶어요. 그런데 길을 잃었어요." 도로시가 말했다.

"저희가 모셔다드리지요." 우두머리 원숭이가 대답했다. 말을 끝마치기도 전에 원숭이 두 마리가 도로시를 안고 날았다. 다른 원숭이들은 허수아비와 나무꾼과 사자를 데려갔고 작은 원숭이 한 마리는 물어뜯으려고 몸부림치는 토토를 붙잡은 다음, 뒤따라 날았다.

처음에 허수아비와 양철 나무꾼은 날개 달린 원숭이들이 전에 아주 못되게 굴었다는 사실이 기억나서 조금 겁이 났다. 그러나 해칠 뜻이 없다는 사실을 알고서는 무척 기분 좋게 하늘을 날았고 저 아래 펼쳐진 예쁜 정원과 숲을 내려다보면서 즐거운 시간을 보냈다.

도로시는 가장 큰 원숭이 두 마리 사이에서 편안하게 날아갔는데 그중 한 마리는 우두머리 원숭이였다. 원숭이들은 두 손으로 의자를 만들어 도로시가 다치지 않도록 주의를 기울였다.

"황금 모자의 마법에 복종해야 하는 이유가 뭐예요?" 도로시가 물었다.

"긴 이야기입니다. 하지만 앞으로 갈 길이 머니, 원하신다면 시간을 때울 겸 그 이야기를 들려드리지요." 우두머리 원숭이가 웃으면서 날개를 퍼덕였다.

"듣고 싶어요." 도로시가 대답했다.

"예전에 우린 자유로운 몸으로 넓은 숲에서 행복하게 살았습니다. 이 나무, 저 나무 날아다니면서 열매를 먹었고 누구에게도 주인님이라고 부르지 않고 마음대로 지냈어요. 우리 중 몇몇은 때때로 심한 장난기가 발동해 땅으로 날아가서는 날개 없는 동물의 꼬리를 잡아 당기고 새를 뒤쫓고 숲속을 걷는 사람에게 나무 열매를 던지기도 했습니다. 우리는 걱정 없이 행복하고 재미있게, 하루의 순간순간을 즐겁게 지냈습니다. 하지만 이건 아주 오래전, 오즈가 구름 속에서 나타나 이 나라를 다스리기 전의 이야기입니다.

그 시절, 머나먼 북쪽에 아름다운 공주가 살았는데 아주 강한 마법사이기도 했답니다. 공주는 모든 마법을 사람들을 돕는 데만 썼고 착한 사람들에게 결코 해를 끼치지 않았다고 해요. 공주의 이름은 게옐레트였고 커다란 루비 덩어리로 지은 멋진 궁전에 살았습니다. 모두가 공주를 사랑했지만, 공주는 자신이 사랑할 사람을 찾지 못해 무척 슬퍼했습니다. 남자들이 모두 너무 어리석고 못생겨 그토록 현명하고 아름다운 공주님의 짝이 될 수 없었으니까요. 그러나 공주는 결국 잘생기고 씩씩하고 나이에 비해 현명한 소년을 찾아냈습니다. 게옐레트는 소년이 자라서 어른이 되면 남편으로 삼기로 마음먹었고, 그래서 소년을 루비 궁전으로 데려와 모든 마법을 동원해 그를 어떤 여자라도 탐낼 강하고 착하고 사랑스러운 사람으로 만들었습니다. 이름이 퀠랄라였던 소년은 어른이 되자 온 나라가 가장 훌륭하고 현명하다고 여기는 사람이 되었습니다. 어찌나 용맹스럽고 아름다웠는지 게엘레트는 그를 몹시도 사랑했고 완벽한 결혼식을 올리고자 준비를 서둘렀습니다.

그때 저희 할아버지는 게엘레트의 궁전 근처 숲에 사는 날개 달린 원숭이의 우두머리였는데 맛있는 식사보다 장난을 더 좋아했습니다. 어느 날, 공주의 결혼식 직전에 할아버지는 무리를 이끌고 날아가다가 강가를 걷는 퀠랄라를 보았습니다. 분홍색 명주와 자주색 벨벳으로 지은 호화로운 옷을 입고 있었지요. 할아버지는 그의 능력을 시험해보고 싶다는 생각이 들었다는군요. 할아버지의 명령을 받은 원숭이 무리는 땅으로 내려가 퀠랄라를 안아 들고 강 한가운데로 날아간 다음 강물 속에 떨어뜨렸습니다.

'헤엄쳐서 나와라, 이 번지르르한 녀석아. 물 때문에 옷이 얼룩졌는지 좀 보자꾸나.' 할아버지가 외쳤습니다. 퀠랄라는 아주 지혜로워서 헤엄도 잘 쳤으며 크나큰 행운을 누리고도 버릇없이 자라지 않았지요. 그는 물 위로 올라와서 웃음을 터뜨리고 강가로 헤엄쳤습니다. 그러나 게엘레트는 퀠랄라가 있는 곳으로 달려왔다가 명주와 벨벳 옷이 물에 젖어 망가진 꼴을 보았습니다.

공주는 화가 났고 물론 누가 한 짓인지 알고 있었습니다. 공주는 날개 달린 원숭이를 모두 불러 모아 처음에는 날개를 묶어 퀠랄라에게 한 짓을 그대로 당해야 한다면서 강물에 빠뜨리겠다고 했습니다. 그러나 할아버지는 날개가 묶이면 원숭이들이 물속에서 죽고 만다는 사실을 알았기에 살려달라고 간절히 애원했습니다. 퀠랄라도 원숭이들을 용서해달라고 말해주었습니다. 결국 게엘레트는 용서는 해주되, 날개 달린 원숭이들이 앞으로는 황금 모자 주인의 명령에 세 번복종해야 한다는 조건을 달았습니다. 그 모자는 퀠랄라에게줄 결혼 선물로 제작한 것이었고 모자를 만드느라 공주가 왕국의 절반에 해당하는 값을 치렀다더군요. 물론 할아버지와다른 원숭이들은 즉시 조건을 받아들였습니다. 그렇게 우리는 황금 모자의 주인이 누구든, 세 번은 그의 노예가 되어야한답니다."

"그 두 사람은 어떻게 됐어?" 이야기에 푹 빠진 도로시가 물었다.

"황금 모자의 첫 주인은 퀠랄라였습니다. 우리에게 처음으로 소원을 말한 사람이었지요. 신부인 공주님이 우리를 보기 싫어했기에, 퀠랄라는 결혼식이 끝난 뒤 우리 모두를 숲속으로 불러 앞으로 날개 달린 원숭이는 단 한 마리도 공주의 눈에 띄지 말라고 명령했고, 우리는 모두 공주를 두려워했으니 기꺼이 그 명령에 따랐습니다.

그렇게 지내던 중 황금 모자가 못된 서쪽 마녀의 손에 들어갔고, 마녀는 우리에게 명령을 내려 윙키들을 노예로 삼고 그 뒤에는 오즈를 서쪽 나라에서 몰아냈습니다. 이제 황금 모자는 당신 것이니 우리에게 세 번 명령을 내릴 권리가 있습니다."

우두머리 원숭이가 이야기를 마친 뒤 도로시는 아래를 내려다보았다. 에메랄드시의 빛나는 녹색 성벽이 눈앞에 펼쳐졌다. 원숭이들이 이렇게 빨리 날아왔다는 사실이 놀라웠고 여행이 끝나서 반가웠다. 이 이상한 동물들은 도로시와 친구들을 에메랄드시 성문 앞에 조심스레 내려놓았다. 우두머리 원숭이는 도로시에게 허리 굽혀 인사한 다음 무리를 이끌고 재빨리 날아갔다.

"멋진 비행이었어." 도로시가 말했다.

"맞아, 힘든 상황에서 빨리 벗어났잖아. 네가 그 멋진 모자를 가져와서 얼마나 다행인지 몰라!" 사자가 대답했다.

무서운 오즈의 정체

네 나그네는 에메랄드시의 커다란 성문으로 다가가 초인종을 눌렀다. 종이 몇 번 울린 뒤, 예전에 만난 그 문지기가 문을 열었다.

"아니! 다시 돌아온 겁니까?" 놀란 문지기가 물었다.

"저희를 보고도 모르시겠어요?" 허수아비가 대답했다.

"전 여러분이 못된 서쪽 마녀를 찾으러 간 줄 알았는데요."

"그 마녀를 찾았죠." 허수아비가 말했다.

"마녀가 여러분을 놓아줬단 말입니까?" 문지기가 깜짝 놀라서 물었다.

"몸이 녹아버렸으니 그럴 수밖에요." 허수아비가 말했다.

"몸이 녹다니! 아, 정말이지 반가운 소식이군요. 누가 마녀를 녹여버렸습니까?" 문지기가 말했다.

"도로시가요." 사자가 진지하게 말했다.

"맙소사!" 문지기는 이렇게 외치더니 허리를 아주 깊이 숙여 도로시에게 인사했다.

문지기는 도로시 일행을 작은 방으로 안내한 다음, 예전에 그랬듯이 커다란 상자에서 안경을 꺼내 눈에 씌우고 자물쇠를 잠갔다. 그 뒤에 도로시와 친구들은 에메랄드시로 이어지는 문을 지났다. 도로시가 못된 서쪽 마녀를 녹여버렸다는 소식을 문지기에게서 전해 들은 사람들이 모두 몰려와 오즈의 궁전까지 구름 떼처럼 그들을 따라갔다.

녹색 수염을 늘어뜨린 병사가 여전히 문 앞을 지키고 있었지만, 도로시 일행을 보자 즉시 들여보내주었다. 친구들은 이번에도 예쁜 녹색 소녀를 만났고 소녀는 위대한 오즈가 그들을 맞이할 준비가 될 때까지 모두 쉴 수 있도록 즉시 예전에 묵었던 방으로 차례대로 안내했다.

병사는 도로시와 길동무들이 못된 마녀를 없애고 돌아왔다는 소식을 곧바로 오즈에게 전했다. 그러나 오즈는 답이 없었다. 도로시 일행은 위대한 마법사가 즉시 알현실로 부르리라 생각했지만 그렇지 않았다. 이튿날에도, 그 이튿날과 그 이튿날에도 오즈로부터는 아무런 소식이 없었다. 기다리기만 하려니 지루하고 피곤했고, 결국 도로시와 친구들은 오즈 때문에 서쪽으로 가서 온갖 힘든 일을 겪고 노예 노릇까지 하다 왔는데 인제 와서 이런 푸대접을 받는다는 사실에 몹시 화가 났다. 참다못한 허수아비는 녹색 소녀를 통해 오즈에게 다시 말을 전했다. 당장 그들을 불러 만나주지 않으면 날개 달린 원숭이에게 부탁해 오즈가 약속을 지키는지 안 지키는지 확인하겠다는 내용이었다. 그 말을 전해 들은 마법사는 덜컥 겁이 나서 이튿날 아침 9시 4분에 알현실로 오라는 전갈을 보냈다. 오즈는 서쪽 나라에서 날개 달린 원숭이들을 만난 적이 있었고 다시는 만나고 싶지 않았다.

넷은 저마다 오즈가 주기로 약속한 선물을 생각하느라 밤을 꼬박 새웠다. 도로시는 딱 한 번 잠들었다가 캔자스에 돌아간 꿈을 꾸었는데, 꿈속에서는 엠 아주머니가 귀여운 도로시가 집에 돌아와 얼마나 기쁜지 이야기하고 있었다.

이튿날 아침 정확히 9시 정각에 녹색 수염 병사가 찾아왔고 4분 뒤에는 모두 위대한 오즈의 알현실로 들어갔다.

친구들은 당연히 저마다 전에 본 모습의 오즈를 만나리라고 예상했지만 방을 둘러보아도 아무도 보이지 않아 몹시 놀랐다. 친구들은 서로 바짝 몸을 붙이며 문 가까이에서 움직이지 않았다. 전에 보았던 오즈의 어떤 모습보다도 이 조용하고 텅 빈 방이 무서웠기 때문이다.

곧 엄숙한 목소리가 들렸는데, 넓고 둥근 천장 어딘가에서 들려온다는 느낌이 들었다. 그 목소리는 이렇게 말했다.

"나는 위대하고 무서운 오즈다. 왜 나를 만나고자 하였느냐?"

도로시 일행은 방 안을 구석구석 다시 살폈고, 도로시는 아무도 없다는 사실을 확인한 뒤 물었다.

"어디 계세요?"

"나는 어디에나 있다. 그러나 평범한 인간들 눈에는 보이지 않는다. 이제 내 옥좌에 앉을 테니 나와 대화를 나눌 수 있을 것이다."

바로 그 순간, 목소리는 정말로 왕좌에서 곧장 나오는 것 같았다. 친구들과 그쪽으로 다가가 한 줄로 선 도로시는 말했다.

"약속을 지켜달라고 말씀드리러 왔어요, 오즈 님."

"어떤 약속?" 오즈가 물었다.

"못된 마녀를 없애면 저를 캔자스로 돌려보내주기로 약속하셨잖아요." 도로시가 말했다.

"제게는 두뇌를 주기로 약속했고요." 허수아비가 말했다.

"제게는 심장을 주기로 약속했어요." 양철 나무꾼이 말했다.

"제게는 용기를 주기로 했잖아요." 겁쟁이 사자가 말했다.

"그 마녀가 정말로 죽었단 말이냐?" 목소리가 물었다. 도로시가 느끼기에는 약간 떨리는 목소리였다.

"그래요. 제가 물 한 동이로 녹여버렸어요." 도로시가 대답했다.

"맙소사, 이렇게 갑자기! 그럼, 내일 다시 오너라. 생각할 시간이 필요하니." 목소리가 말했다.

"시간은 이미 충분히 있었습니다." 양철 나무꾼이 화가 나서 말했다.

"하루도 더 기다릴 수 없어요!" 허수아비가 말했다.

"약속을 지키셔야죠!" 도로시가 소리쳤다.

사자는 마법사에게 겁을 주는 편이 낫겠다는 생각이 들어, 크고 우렁차게 고함을 질렀다. 그 소리가 얼마나 사납고 무서웠는지 토토가 깜짝 놀라 사자로부터 펄쩍 뛰며 물러나다가 방 한 귀퉁이에 쳐놓은 장막을 넘어뜨렸다. 장막이 쿵, 하고 넘어가자 도로시와 친구들은 그쪽을 바라보았다. 다음 순간 친구들은 모두 깜짝 놀랐다. 장막에 가려졌던 그 자리에 머리가 벗겨지고 얼굴이 주름투성이인 자그마한 노인이 서 있었기 때문이다. 노인은 도로시와 친구들만큼이나 놀란 표정이었다. 양철 나무꾼은 도끼를 치켜들고 작은 노인에게 재빨리 달려가며 외쳤다.

"넌 누구냐?"

"나는 위대하고 무서운 오즈다. 하지만 나를 때리진 말아다오, 제발. 너희가 하라는 대로 다 할 테니." 작은 노인이 떨리는 목소리로 말했다.

친구들은 놀라고 실망해서 그를 바라보았다.

"나는 오즈가 커다란 머리인 줄 알았는데." 도로시가 말했다.

"나는 오즈가 아름다운 귀부인인 줄 알았어." 허수아비가 말했다.

"나는 오즈가 사나운 맹수인 줄 알았어." 양철 나무꾼이 말했다.

"나는 오즈가 불덩어리인 줄 알았단 말이야." 사자가 주장했다.

"아니, 너희 모두 틀렸다. 내가 꾸며낸 모습이었다." 작은 노인이 순순히 털어놓았다.

"꾸며냈다니요! 당신은 위대한 마법사가 아니에요?" 도로시가 외쳤다.

"쉿, 아가. 그렇게 큰 소리로 말하지 말아다오. 잘못하면 누군가 엿들을 테고……. 그럼 나는 끝장이야. 다들 나를 위대한 마법사인 줄 아니까." 노인이 말했다.

"그런데 아니라고요?" 도로시가 물었다.

"전혀 아니란다, 아가. 나는 평범한 사람일 뿐이야."

"그 이상이에요. 당신은 사기꾼이라고요." 허수아비가 서글픈 목소리로 말했다.

"정말 맞는 말이야! 난 사기꾼이란다." 작은 노인은 그 말이 마음에 든다는 듯이 두 손을 비비며 말했다.

"이런 끔찍한 일이 일어나다니. 이제 내 심장을 어떻게 얻지?" 양철 나무꾼이 말했다.

"내 용기는?" 사자가 물었다.

"내 두뇌는?" 허수아비가 외투 소매로 눈물을 닦으며 흐느꼈다.

"이보게들, 그런 사소한 문제는 제발 입에 올리지도 말게나. 날 생각해봐. 정체가 들통나서 끔찍한 곤경에 처할 내 처지를 말이야." 오즈가 말했다.

"다른 사람은 당신이 사기꾼인 걸 모르나요?" 도로시가 물었다.

"너희 넷과 나 자신을 빼고는 아무도 모른단. 아주 오랫동안 모두를 속여왔기 때문에 절대 들켜서는 안 된다고 생각했어. 너희를 알현실에 들어오게 한 건 크나큰 실수였다. 보통은 신하들조차 만나지 않으니 그들은 내가 무시무시한 존재라고 믿지." 오즈가 대답했다.

"하지만 이해할 수가 없어요. 어떻게 커다란 머리로 제 앞에 나타나신 거죠?" 어리둥절한 도로시가 말했다.

"내 속임수 중 하나지. 이쪽으로 오렴. 어찌 된 일인지 전부 말해줄 테니." 오즈가 대답했다.

오즈는 알현실 안쪽에 있는 작은 방으로 친구들을 안내했고 모두 오즈를 따라갔다. 오즈가 가리키는 한쪽 구석에는 두꺼운 종이를 여러 겹 덧대고 꼼꼼하게 얼굴을 그린 커다란 머리가 놓여 있었다.

"이걸 철사로 천장에 매달지. 장막 뒤에 서서 실을 잡아당기면 눈이 움직이고 입이 벌어진단다." 오즈가 말했다.

"그러면 목소리는 어떻게 내고요?" 도로시가 물었다.

"오, 나는 복화술사란다. 원하는 곳에서 목소리가 들리게 할 수 있지. 그래서 너는 그게 커다란 머리에서 나온다고 생각한 거야. 너희를 속이려고 이용한 다른 물건들도 여기 있단다." 작은 노인이 말했다.

오즈는 아름다운 귀부인의 모습으로 나타났을 때 입었던 드레스와 가면을 허수아비에게 보여주었다. 그리고 양철 나무꾼은 무시무시한 야수가 사실은 바느질로 가죽을 잔뜩 이어 붙여 양옆이 불룩해지도록 톱밥을 넣은 물체에 불과하다는 사실을 알게 되었다. 불덩이로 말하자면, 그 역시 이 가짜 마법사가 천장에 매달아둔 것이었다. 사실은 솜뭉치였지만 기름을 부은 탓에 맹렬하게 타올랐다고 했다.

"정말이지, 이런 속임수를 쓰다니! 부끄러운 줄 알아야 해요." 허수아비가 말했다.

"부끄럽지……. 정말 그래. 하지만 할 수 있는 일이 이것뿐이었다. 제발, 의자가 많으니 다들 앉아보렴. 내 이야기를 들려줄게." 작은 노인이 서글프게 말했다.

도로시와 친구들은 의자에 앉아 오즈가 들려주는 이야기에 귀를 기울였다.

"나는 오마하에서 태어났단다······."

"어머, 캔자스에서 멀지 않은 곳이에요!"

도로시가 외쳤다.

오즈는 도로시를 향해 슬프게 고개를 내저으며 말했다.

"그래, 하지만 여기서는 훨씬 멀지. 나는 자라서 복화술사가 되었고 훌륭한 스승님께 훈련을 아주 잘 받았어. 새든 짐승이든 종류에 상관없이 모두 흉내 낼 수 있지."

오즈는 이렇게 말하고 고양이처럼 야옹거렸다. 토토가 귀를 쫑긋 세우며 고양이가 어디 있는지 확인하려고 사방을 두리번거렸다. 오즈가 말을 이었다.

"얼마 뒤에 나는 그 일에 싫증이 나서 열기구 조종사가 되었어."

"그게 뭐예요?" 도로시가 물었다.

"서커스 공연이 열리는 날, 관객을 많이 끌어모으기 위해 열기구를 타고 공중으로 올라가는 사람이란다. 사람들이 돈을 내고 서커스를 보도록 말이야." 오즈가 설명했다.

"아, 그렇군요." 도로시가 말했다.

"음, 어느 날 열기구를 타고 공중으로 올라갔는데 밧줄이 꼬여서 다시 내려갈 수가 없었단다. 열기구는 구름을 뚫고 아주 높이 떠오르다가 기류에 휩싸여 멀고 먼 곳으로 실려 갔지. 하루 밤낮 동안 공중을 떠돌았고 둘째 날 아침에 잠이 깼을 때는 열기구가 이상하고 아름다운 나라 위를 둥둥 떠다니고 있더구나.

열기구는 천천히 내려갔고 나는 조금도 다치지 않았어. 하지만 낯선 사람들에게 에워싸였지. 그들은 구름 위에서 내려온 나를 보고는 위대한 마법사라고 생각했지. 물론 나는 그렇게 생각하도록 내버려두었어. 그 사람들이 나를 두려워하면서 내가 바라는 대로 뭐든 하겠다고 했으니까.

그저 재미 삼아서, 그리고 그 착한 사람들이 바쁘게 지내도록 나는 이 도시와 내가 살 궁전을 지으라고 명령했지. 사람들은 기꺼이, 훌륭하게 그 일을 해냈어. 그다음에는 생각했지. 이 나라는 아름다운 녹색으로 가득하니 '에메랄드시'라 부르자고 말이야. 그리고 도시를 그 이름에 더 어울리는 곳으로 만들자는 생각에서, 눈에 보이는 것이 전부 녹색이 되도록 모든 사람에게 녹색 안경을 쓰게 했단다."

"하지만 이곳에 있는 것은 모두 녹색 아닌가요?" 도로시가 물었다.

"다른 도시와 비슷한 정도란다. 하지만 녹색 안경을 쓰면, 모든 게 당연히 녹색으로 보이겠지. 에메랄드시는 아주 오래전에 지어졌어. 열기구가 나를 여기 데려왔을 때는 젊은 이였지만 이제는 나이가 지긋한 노인이니까 말이다. 하지만 내 백성은 아주 오랫동안 녹색 안경을 쓰고 지냈으니 대다수는 여기가 정말 '에메랄드'시라고 생각한단다. 실제로 이곳은 보석과 귀금속이 풍부한 아름다운 도시고, 사람이 행복해지는 데 필요한 좋은 요소를 모두 갖추었지. 나는 백성을 친절하게 대했고 사람들은 나를 좋아한단다. 하지만 이 궁전을 지은 이래로 나는 여기 틀어박혀 어떤 사람도 만나지 않으려고 했어.

가장 두려운 건 마녀들이었어. 내게는 마법의 힘이 조금도 없는데 마녀들은 정말 놀라운 일을 할 수 있다는 사실을 곧 알게 되었거든. 이 나라에는 마녀가 넷 있었고 그들은 각각 동서남북에 사는 사람들을 다스렸지. 다행히도 북쪽과 남쪽 마녀는 착해서 내게 해를 끼치지 않을 이들이었지. 그러나 동쪽과 서쪽 마녀는 몹시도 사악했고 내 힘이 더 약하다 싶으면 나를 해치려 할 게 분명했어. 그래서 나는 아주 오랫동안 두 마녀를 끔찍이도 두려워하며 살았단다. 그러니 너희 집이 못된 동쪽 마녀 위로 떨어졌다는 소식을 들었을 때 내가 얼마나 기뻤을지 짐작할 수 있겠지. 네가 나를 찾아왔을 때, 나는 하나 남은 마녀를 없애기만 한다면 뭐든 해주겠다고 기꺼이 약속했다. 하지만 네가 그 마녀를 녹여서 없애버린 지금, 약속을 지킬 수 없다고 말하려니 부끄럽기만 하구나."

"제 생각에 할아버지는 정말 나쁜 사람이에요." 도로시가 말했다.

"오, 아니야, 아가. 나는 사실 정말 착한 사람이다. 하지만 솔직히 마법사로서는 아주 형편없지."

"저한테 두뇌를 줄 수 없어요?" 허수아비가 물었다.

"너에겐 두뇌가 필요 없어. 매일 뭔가를 배우고 있으니까. 갓난아기는 두뇌가 있지만 아는 게 많지 않아. 지식을 얻는 방법은 경험뿐이야. 그리고 더 오래 살수록 분명히 더 많은 경험을 쌓게 된단다."

"다 맞는 말일지도 모르겠어요. 하지만 두뇌를 주지 않으면 난 아주 불행할 거예요." 허수아비가 말했다.

가짜 마법사는 허수아비를 유심히 바라보았다. 그러더니 한숨을 내쉬며 말했다.

"자, 나는 말했듯이 마법사로서 능력이 뛰어나진 않아. 하지만 내일 아침에 나를 찾아오면 네 머리에 두뇌를 넣어주마. 하지만 어떻게 써야 하는지는 말해줄 수 없다. 스스로 알아내야 해."

"아, 고마워요! 정말 고마워요! 두뇌를 쓰는 방법은 제가 찾아낼 테니, 걱정하지 마세요!" 허수아비가 외쳤다.

"하지만 제 용기는요?" 사자가 걱정스럽게 물었다.

"너는 틀림없이 용기가 아주 많아. 너에게 필요한 건 자신감이야. 위험한 상황을 만나면 누구나 다 두려움을 느낀단다. 진정한 용기란 두려워도 위험에 맞서는 태도인데 그런 용기는 네게 아주 많이 있단다." 오즈가 대답했다.

"그럴지도 몰라요. 하지만 겁이 나는 건 마찬가지예요. 두렵다는 사실을 잊게 해줄 용기를 받지 못하면 저는 정말 아주 불행할 거예요." 사자가 말했다.

"알겠다. 내일 너에게 그런 용기를 주지." 오즈의 대답이었다.

"제 심장은요?" 양철 나무꾼이 물었다.

"아, 그 문제 말인데, 심장을 갖고 싶다니 잘못 생각한 것 같구나. 심장은 대부분의 사람을 불행하게 만들어. 네가 그 사실을 알기만 하면 심장이 없다는 사실을 다행으로 여길 텐데 말이다." 오즈가 대답했다.

"그건 사람마다 의견이 다른 문제예요. 저는 심장을 준다면 불평하지 않고 그 모든 불행을 견딜 겁니다." 양철 나무꾼이 말했다.

"잘 알겠다. 내일 나를 찾아오면 심장을 주마. 아주 오랜 세월 동안 마법사 노릇을 해왔으니 그 노릇을 조금 더 해도 되겠지." 오즈가 순순히 대답했다.

"그럼, 저는 어떻게 캔자스로 돌아갈 수 있나요?" 도로시가 말했다.

"그건 생각해봐야겠다. 고민할 시간을 이삼일만 주렴. 네가 사막을 건널 방법을 찾아보마. 그동안 너희 모두 내 손님으로 대접받을 것이고 궁전에서 지내는 동안에는 신하들이 시중을 들면서 아주 작은 것이라도 너희가 원하는 대로 해줄 거다. 변변치 않지만 이렇게 돕는 대신 너희에게 바라는 건 하나뿐이야. 내 비밀을 지켜주고 내가 사기꾼이라는 사실을 누구에게도 말해서는 안 된다."

모두 자기가 알게 된 사실을 말하지 않기로 약속했고, 매우 신이 나서 방으로 돌아갔다. 도로시조차 자기가 '위대하고 무서운 사기꾼'이라고 불렀던 오즈가 캔자스로 돌아갈 방법을 찾아낼 거라는 희망에 부풀었다. 그리고 그렇게 해준다면 오즈의 모든 잘못을 기꺼이 용서해주기로 했다.

위대한 사기꾼의 마술

이튿날 아침, 허수아비가 친구들에게 말했다.

"축하해줘. 오즈를 찾아가 드디어 두뇌를 받을 거야. 돌아올 때는 평범한 사람과 비슷해질 거야."

"나는 지금의 네 모습도 언제나 좋았는걸." 도로시가 천진난만하게 말했다.

"허수아비를 좋아해주다니 친절하기도 하지. 하지만 내새로운 두뇌에서 나오는 훌륭한 생각을 들으면 틀림없이 더멋지다고 느낄 거야." 허수아비는 명랑한 목소리로 친구들에게 인사한 다음, 알현실로 가서 문을 두드렸다.

"들어오렴." 오즈가 말했다.

허수아비가 들어갔더니 오즈는 깊은 생각에 잠긴 채 창가에 앉아 있었다.

"두뇌를 받으러 왔어요." 허수아비가 약간 불안한 마음으로 말했다.

"그래, 그렇지. 거기 의자에 앉아보렴. 미안하지만 네 머리를 떼어내야 한단다. 두뇌를 알맞은 자리에 넣으려면 어쩔 수가 없어." 오즈가 대답했다.

"괜찮아요. 머리를 얼마든지 떼어내도 돼요. 다시 붙였을 때 더 나은 머리가 되기만 한다면요." 허수아비가 말했다.

마법사는 허수아비의 머리를 떼어내고 짚을 모두 꺼냈다. 그런 다음 뒷방으로 들어가 왕겨를 약간 가져와 핀과 바늘을 잔뜩 넣고 섞었다. 그것을 마구 휘저은 다음 허수아비의 머리 꼭대기에 집어 넣고 잘 자리 잡도록 나머지 공간을 짚으로 채웠다.

허수아비의 몸통에 머리를 다시 붙여주면서, 오즈가 말했다. "새 두뇌를 잔뜩 넣었으니 이제부터는 훌륭한 사람이 될 거다."

허수아비는 가장 큰 소원이 이루어지자 기쁘기도 하고 자랑스럽기도 했다. 오즈에게 따뜻한 감사 인사를 건넨 다음 친구들에게 돌아갔다.

도로시는 신기하다는 듯이 허수아비를 바라보았다. 허수아비의 머리는 두뇌를 넣은 꼭대기 부분이 튀어나와 불룩했다.

"기분이 어때?" 도로시가 물었다.

"정말 똑똑해진 기분이야. 두뇌에 익숙해지면 모든 걸 알게 되겠지." 허수아비가 진지하게 대답했다.

"머리에서 왜 바늘과 핀이 삐져나와 있는 거야? 양철 나무꾼이 물었다.

"그게 바로 허수아비가 날카롭다는 증거지." 사자가 말했다.

"그렇구나. 난 오즈를 찾아가 심장을 받아야겠다." 나무꾼은 이렇게 말한 뒤 알현실로 걸어가 문을 두드렸다.

"들어오렴!" 오즈가 외쳤고 나무꾼은 방으로 들어가서 말했다.

"심장을 받으러 왔습니다."

"그래, 하지만 가슴에 구멍을 내야 해. 심장을 알맞은 자리에 넣을 수 있도록 말이다. 아프지 않으면 좋겠구나." 작은 노인이 대답했다.

"아, 괜찮아요. 저는 아픔을 전혀 느끼지 못하거든요." 나무꾼이 대답했다.

오즈는 양철공이 쓰는 가위를 가져와 나무꾼의 가슴 왼쪽에 작고 네모난 구멍을 냈다. 그런 다음 서랍장으로 가서 작은 심장을 꺼냈는데, 톱밥을 채운 비단 주머니였다.

"예쁘지 않니?" 오즈가 물었다.

"예뻐요, 정말! 그런데 이건 다정한 심장인가요?" 양철 나무꾼이 몹시 기뻐하며 대답했다.

"그럼, 아주 다정하지!" 오즈가 대답했다. 오즈는 나무꾼의 가슴속에 심장을 넣은 다음 네모난 양철 조각을 원래 자리에 대고 깔끔하게 땜질했다.

"자, 이제 누구라도 자랑스러워할 심장이 생겼구나. 가슴에 땜질 자국을 남겨서 미안하지만 정말 어쩔 수 없었단다." 오즈가 말했다.

"땜질 자국은 신경 쓰지 마세요. 정말 감사합니다. 베풀어주신 은혜 절대 잊지 않겠습니다!" 행복한 나무꾼이 소리쳤다.

"별말씀을." 오즈가 대답했다.

양철 나무꾼은 친구들에게 돌아갔고, 친구들은 나무꾼에게 찾아온 행운을 마음껏 축하했다.

이제는 사자가 알현실로 가서 문을 두드렸다.

"들어오렴." 오즈가 말했다.

"용기를 얻으러 왔어요." 사자가 방으로 들어가 말했다.

"그래, 용기를 주마." 오즈가 대답했다.

오즈는 찬장 앞으로 가더니 높은 선반에 손을 뻗어 네모난 녹색 병을 꺼냈다. 그리고 병에 담긴 액체를 녹색과 금색이 어우러지고 아름다운 조각이 새겨진 접시에 부었다. 접시를 겁쟁이 사자 앞에 놓자 사자는 마음에 들지 않는다는 듯이 쿵쿵거렸다. 마법사가 말했다.

"마셔라."

"이게 뭐예요?" 사자가 물었다.

"음, 이게 네 몸속으로 들어가면 용기가 된단다. 물론 용기는 언제나 우리 안에 있으니 이건 네가 삼키기 전까지는 사실 용기라고 부를 수가 없지. 그러니 되도록 빨리 마시렴."

사자는 더는 망설이지 않고 접시에 담긴 액체를 모조리 마셨다.

"이제 기분이 어떠냐?" 오즈가 물었다.

"용기로 가득해요." 사자는 이렇게 대답하고는 자기에게 찾아온 행운을 말해주려고 친구들이 있는 곳으로 기쁘게 돌아갔다.

혼자 남은 오즈는 허수아비와 양철 나무꾼과 사자에게 각자가 원하던 것을 제대로 주었다고 생각하며 빙그레 웃음을 지었다.

"이런 일이 불가능하다는 사실은 누구나 알지만, 해달라니 사기꾼 노릇이라도 해야지 어쩌겠어? 허수아비와 사자, 양철 나무꾼을 행복하게 해주기는 쉬웠지. 그 친구들은 내가 무엇이든 할 수 있다고 생각했으니까. 하지만 도로시를 캔자스로 돌려보내려면 상상력만으로는 부족해. 그 문제를 해결할 방법은 정말 모르겠단 말이야."

열기구 띄우기

사흘 동안 도로시는 오즈로부터 어떤 소식도 듣지 못했다. 소녀에게는 슬픈 나날이었지만 친구들은 모두 행복하고 만족스럽게 지냈다. 허수아비는 친구들에게 머릿속에 놀라운 생각이 떠올랐다면서도 자기 자신 말고는 누구도 이해하지 못한다는 사실을 알기에 그게 어떤 생각인지 말해주지 않으려 했다. 양철 나무꾼은 걸어 다닐 때마다 가슴 속에서 덜거덕거리는 심장을 느꼈다. 나무꾼은 도로시에게 살로 만들어진 인간일 때 가졌던 심장보다 지금의 심장이 더 친절하고 다정하다는 사실을 깨달았다고 말했다. 사자는 세상 어떤 것도 두렵지 않으며 군대나 사나운 칼리다가 우르르 몰려와도 기꺼이 맞서겠다고 선포했다.

이렇게 이 작은 무리 중에서 도로시를 뺀 나머지 친구들은 모두 만족했으며, 도로시는 캔자스로 돌아가고 싶은 마음이 어느 때보다 간절했다.

　　나흘째 되는 날, 정말 반갑게도 오즈가 도로시를 불렀다. 알현실로 들어가자 오즈가 기분 좋게 맞이했다.

　　"앉으렴, 아가. 너를 이 나라에서 내보낼 방법을 찾은 것 같구나."

　　"그리고 캔자스로 돌아가는 거죠?" 도로시가 간절하게 물었다.

　　"흠, 캔자스로 갈 수 있을지는 확실치 않다. 어느 쪽으로 가야 하는지 눈곱만큼도 모르니까 말이다. 하지만 사막을 건너는 게 가장 중요하니, 그다음에는 집으로 가는 길을 쉽게 찾을 수 있을 거다." 오즈가 말했다.

　　"어떻게 사막을 건널 수 있나요?" 도로시가 물었다.

　　"자, 내 생각을 말해주마. 알다시피 나는 이 나라에 열기구를 타고 왔단다. 너도 회오리바람에 실려 하늘을 날아왔지. 그러니 사막을 건너는 가장 좋은 방법은 하늘을 날아가는 거야. 회오리바람을 만들어내는 건 내 능력 밖이야. 하지만 이 문제를 곰곰이 생각해보니 열기구는 만들 수 있을 것 같구나." 오즈가 말했다.

　　"어떻게요?" 도로시가 물었다.

　　"열기구는 가스가 새지 않도록 풀을 바른 비단으로 만든단다. 궁전에는 비단이 많으니 열기구를 만드는 건 전혀 어렵지 않을 거야. 그러나 온 나라를 뒤져도 그 열기구가 떠오르를 만큼 속을 가득 채울 가스를 구할 수는 없어." 오즈가 말했다.

"기구가 떠오르지 않으면 우리에게 아무 쓸모가 없잖아요." 도로시가 말했다.

"그렇지. 하지만 그걸 떠오르게 할 다른 방법이 있는데, 뜨거운 공기를 가득 채우는 거지. 뜨거운 공기는 가스만큼 쓸모 있지는 않아. 공기가 차가워지면 기구가 사막으로 떨어질 테고 그럼 우린 길을 잃고 말 테니까." 오즈가 대답했다.

"우리라니! 저랑 같이 가실 거예요?" 도로시가 외쳤다.

"그럼, 그렇고말고. 이런 사기꾼 노릇도 지긋지긋하구나. 내가 이 궁전에서 나가면 백성은 곧 내가 마법사가 아니라는 사실을 눈치챌 테고, 그러면 그동안 정체를 속여온 나에게 엄청 화를 내겠지. 그게 두려워 온종일 이 방에 갇혀 지낼 수밖에 없었는데, 점점 진절머리가 난다. 차라리 너와 함께 캔자스로 돌아가 다시 서커스단에서 일하는 쪽이 낫겠어." 오즈가 말했다.

"같이 가주신다니 정말 기뻐요!" 도로시가 말했다.

"고맙다. 자, 이 비단을 바느질해서 잇도록 도와주렴. 열기구를 만들려면 그 일부터 해야 해." 오즈가 대답했다.

도로시는 실과 바늘을 들었고 오즈가 비단 조각을 적당

한 모양으로 자르면 최대한 빨리 바느질을 해서 깔끔하게 이었다. 처음에는 연한 녹색 비단으로 시작해 그다음에는 짙은 녹색 비단, 그다음에는 에메랄드빛 녹색 비단 조각이 이어졌다. 오즈는 다양한 색조의 녹색으로 열기구를 만들고 싶었다. 비단 조각을 모두 잇기까지 사흘이 걸렸고, 일을 끝내자 6미터가 넘는 커다란 녹색 비단 자루가 생겼다.

오즈는 공기가 통하지 않도록 안쪽에 풀을 얇게 바르고는 드디어 열기구가 준비되었다고 말했다.

"하지만 우리가 탈 바구니가 필요해."

오즈가 말했다. 그는 녹색 수염을 늘어뜨린 병사에게 커다란 세탁물 바구니를 가져오게 한 다음, 밧줄 여러 개로 열기구 밑에 그것을 매달았다.

모든 준비가 끝나자, 오즈는 구름 속에 사는 위대한 형제 마법사를 방문하겠다는 소식을 백성에게 전했다. 소식은 온 도시에 빠르게 퍼졌고 모두가 그 놀라운 광경을 보려고 찾아왔다.

오즈는 열기구를 궁전 앞으로 옮기라고 명령했고 에메랄드시에 사는 사람들은 그것을 호기심이 가득한 눈으로 유심히 바라보았다. 양철 나무꾼은 장작을 패서 산더미처럼 쌓아두었다가 그것으로 불을 피웠다. 오즈는 기구 아랫부분이 모닥불 위에 오도록 기구를 붙잡았고, 모닥불에서 피어오르는 뜨거운 공기가 전부 비단 자루 속으로 모였다. 열기구가 서서히 부풀어 오르며 공중으로 떠오르더니 마침내 바구니도 땅에 닿을락 말락 떠올랐다.

오즈는 바구니 속으로 들어가 온 백성에게 큰소리로 말했다.

"이제 나는 형제 마법사를 만나러 떠나겠다. 내가 없는 동안 허수아비가 너희를 다스릴 것이다. 나에게 그랬듯이 허수아비의 말에 따르도록 하여라."

그 무렵 열기구는 땅에 박힌 밧줄을 힘껏 잡아당기고 있었다. 열기구 속의 공기가 뜨거워지면서 바깥 공기보다 훨씬 가벼워졌기 때문에 기구가 공중으로 떠올랐고 밧줄이 매우 팽팽해진 것이다.

"어서 오너라, 도로시! 서두르지 않으면 열기구가 날아가버릴 거야!" 마법사가 외쳤다.

"토토가 어디에도 보이지 않아요." 작은 강아지를 남겨둔 채 떠나고 싶지 않았던 도로시가 대답했다. 토토는 구경꾼들 속으로 뛰어들어 아기 고양이에게 짖어대고 있었다. 도로시는 마침내 토토를 찾아내 품에 안고 열기구 쪽으로 달려갔다.

몇 발자국 앞에 열기구가 있었다. 오즈는 도로시가 바구니에 타도록 도우려고 두 손을 내밀었는데, 그 순간 '투둑' 하고 밧줄이 끊어졌다. 열기구는 도로시를 태우지 않은 채 공중으로 떠올랐다.

"돌아와요! 나도 데려가요!" 도로시가 소리쳤다.

"돌아갈 수가 없단다, 아가. 안녕!" 오즈가 바구니에서 외쳤다.

"안녕히 가세요!" 모두 이렇게 소리치며 위를 쳐다보았고, 마법사는 바구니를 타고 매 순간 하늘로 더 높이 솟아올랐다.

그것이 거기 모인 사람들이 본 위대한 마법사 오즈의 마지막 모습이었다. 확실히는 모르지만, 그는 아마도 오마하에 무사히 도착해 지금쯤 그곳에서 지내고 있을 것이다. 그러나 에메랄드시의 백성은 애정 어린 마음으로 그를 기억하며 이야기를 나누었다.

"오즈 님은 언제나 우리의 친구셨어. 이곳에 오셨을 때 우리를 위해 이 아름다운 에메랄드시를 세워주셨지. 이제는 떠나셨지만 우리를 다스릴 현명한 허수아비님을 남겨두셨고 말이야."

그래도 아주 오랫동안 사람들은 훌륭한 마법사를 잃었다는 사실을 슬퍼했고, 무엇으로도 그 마음을 위로하지 못했다.

남쪽을 향해

도로시는 고향 캔자스로 돌아갈 희망이 사라지자 서럽게 울었다. 그러나 곰곰이 생각해보니 열기구를 타고 하늘로 사라지지 않아 다행이었다. 다만 오즈와 헤어져서 아쉬웠고 친구들의 마음도 마찬가지였다.

양철 나무꾼이 도로시에게 다가와서 말했다.

"아름다운 심장을 준 사람이 떠났는데 슬퍼하지 않는다면 정말 배은망덕한 사람이겠지. 오즈가 사라졌으니 조금 울고 싶어. 녹슬지 않도록 네가 내 눈물을 친절하게 닦아준다면."

"얼마든지 닦아줄게." 도로시는 이렇게 대답하고 즉시 수건을 가져왔다. 양철 나무꾼은 잠시 눈물을 흘렸고 도로시는 눈물을 주의 깊게 지켜보며 수건으로 닦아냈다. 나무꾼은 눈물을 다 흘린 뒤에 도로시에게 고맙다고 다정하게 말했다.

그러고 나서 문제가 생기지 않도록 보석 박힌 기름통을 가져와 꼼꼼히 기름을 발랐다.

이제는 허수아비가 에메랄드시의 통치자였다. 마법사는 아니었지만 사람들은 허수아비를 자랑스럽게 여겼다.

"짚으로 만든 사람이 다스리는 도시는 세상에 이곳뿐이니까." 사람들은 그렇게 말했다. 정말 맞는 말이었다.

열기구가 오즈를 태우고 사라진 다음 날 아침, 네 친구는 알현실에서 만나 이런저런 문제를 의논했다. 허수아비는 커다란 옥좌에 앉았고 다른 친구들은 정중한 태도로 허수아비 앞에 섰다.

"우린 그렇게 운이 나쁘지 않아. 이 궁전과 에메랄드시가 우리 것이고 뭐든 우리 마음대로 할 수 있잖아. 얼마 전까지만 해도 농장 옥수수밭 장대에 높이 매달린 신세였는데 지금은 이 아름다운 도시를 다스리게 되었어. 그렇게 생각하면 내 운명이 무척 만족스러워." 새 통치자가 말했다.

"나도 새 심장이 무척 만족스러워. 내가 세상에서 바라는 건 이것뿐이었거든." 양철 나무꾼이 말했다.

"나도 내가 이 세상에 살았던 짐승들보다 더 용감하지는 않더라도, 충분히 용감하다는 사실을 아니까 만족스러워." 사자가 겸손하게 말했다.

"도로시가 에메랄드시에서 만족스럽게 지낸다면 우리

모두 행복할 텐데." 허수아비가 덧붙였다.

"하지만 난 여기에서 살고 싶지 않아. 캔자스로 돌아가서 엠 아주머니, 헨리 아저씨와 살고 싶어!" 도로시가 외쳤다.

"그럼 어쩌면 좋지?" 나무꾼이 물었다.

허수아비는 생각을 하기로 했다. 너무 열심히 생각한 나머지 머리에서 핀과 바늘이 튀어나오기 시작했다. 마침내 허수아비가 말했다.

"날개 달린 원숭이들을 불러서 사막 너머로 데려다 달라고 하면 어떨까?"

"그 생각은 못했어! 바로 그거야. 당장 황금 모자를 가져올게." 도로시가 기뻐하며 말했다.

알현실로 모자를 가져온 도로시는 마법의 주문을 외웠고 곧 날개 달린 원숭이 무리가 열린 창문으로 들어와 도로시 옆에 섰다.

"두 번째로 저희를 부르셨군요. 소원이 무엇입니까?" 우두머리 원숭이가 도로시 앞에 허리 숙여 절하며 말했다.

"나를 데리고 캔자스로 날아가줘." 도로시가 말했다.

우두머리 원숭이는 고개를 저었다.

"그건 안 됩니다. 우리는 이 나라에서만 살아야 하며 이곳을 떠날 수가 없습니다. 날개 달린 원숭이가 캔자스에 간 적은 한 번도 없었고 앞으로도 없을 것입니다. 그곳에 속한 존재가 아니니까요. 우리 힘으로 할 수 있는 일이라면 어떻게든 기꺼이 도와드리겠지만, 사막을 건널 수는 없습니다. 그럼 안녕히 계십시오."

우두머리 원숭이는 한 번 더 절을 한 다음 날개를 펼치고 창문으로 날아갔고, 다른 원숭이들도 뒤따라 사라졌다.

도로시는 실망한 나머지 금방이라도 울음이 터질 것만 같았다.

"황금 모자의 마력을 쓸모없는 곳에 써버렸어. 날개 달린 원숭이가 나를 도와주지 못하겠대." 도로시가 말했다.

"정말 안타까워!" 마음이 따뜻한 나무꾼이 말했다.

허수아비는 다시 생각에 잠겼다. 머리가 무시무시할 정도로 불룩해져서 도로시는 허수아비의 머리가 터질까 봐 걱정스러웠다.

"녹색 수염 병사를 불러서 좋은 의견이 있는지 물어보자." 허수아비가 말했다.

녹색 병사는 부름을 받고 알현실로 쭈뼛쭈뼛 들어왔다. 오즈가 있던 시절에는 문턱을 넘도록 허락받은 적이 없었기 때문이다.

"이 소녀가 사막을 건너고 싶어합니다. 어떻게 하면 될까요?" 허수아비가 병사에게 말했다.

"저는 모릅니다. 오즈 님 말고는 누구도 사막을 건넌 적이 없기 때문입니다." 병사가 대답했다.

"도와줄 사람이 없을까요?" 도로시가 간절히 물었다.

"글린다라면 가능할지도 모르겠습니다." 병사가 말했다.

"글린다가 누군가요?" 허수아비가 물었다.

"남쪽 마녀입니다. 마녀들 중에서 가장 강한 마녀로, 콰들링을 다스리고 있습니다. 게다가 글린다의 성은 사막 가장자리에 있으니 사막을 건너는 방법을 알지도 모릅니다."

"글린다는 착한 마녀겠죠?" 도로시가 물었다.

"콰들링은 글린다가 착한 마녀라고 합니다. 글린다는 모두에게 친절합니다. 아름다운 여성이고, 아주 오래 살았는데도 젊음을 유지하는 방법을 안다고 들었습니다." 병사가 말했다.

"글린다의 성으로는 어떻게 갈 수 있을까요?" 도로시가 물었다.

"남쪽으로 곧게 뻗은 길이 있습니다. 그러나 나그네에게 위험한 일로 가득하다고 합니다. 숲에는 들짐승이 살고, 그곳의 별난 종족은 낯선 이가 자기 나라를 지나는 걸 좋아하지 않습니다. 그런 까닭에 콰들링 중 누구도 에메랄드시에 온 적이 없습니다." 병사가 대답했다.

병사가 자리를 떠나자 허수아비가 말했다.

"위험하긴 하지만 남쪽 나라로 가서 글린다에게 도움을

청하는 게 도로시에게 가장 좋은 방법이야. 도로시가 이곳에서만 지낸다면 캔자스로 돌아갈 수 없어, 당연히."

"그동안 또 생각을 했구나." 양철 나무꾼이 말했다.

"물론이지." 허수아비가 말했다.

"나는 도로시와 함께 갈래. 도시가 지겹기도 하고 숲과 들판으로 다시 가고 싶어. 알겠지만 난 사실 들짐승이잖아. 게다가 도로시에게는 보호자가 필요해." 사자가 선언했다.

"그건 사실이야. 내 도끼가 도로시에게 도움이 될지도 몰라. 그러니 나도 도로시와 함께 남쪽 나라로 가겠어." 양철 나무꾼이 맞장구를 쳤다.

"그럼 언제 출발할까?" 허수아비가 물었다.

"너도 가려고?" 친구들이 놀라서 물었다.

"물론이지. 도로시가 아니었다면 나는 절대 두뇌를 얻지 못했을 거야. 도로시는 나를 옥수수밭 장대에서 내려주고 에메랄드시로 데려왔어. 그러니까 내 행운은 모두 도로시 덕분에 찾아온 셈이지. 도로시를 캔자스로 무사히 돌려보낼 때까지는 절대 곁을 떠나지 않을 거야."

"고마워. 모두 참 친절하구나. 하지만 나는 되도록 빨리 출발하고 싶어." 도로시가 고마워하며 말했다.

"내일 아침에 떠나자. 그러니 다들 당장 준비해. 긴 여행이 될 테니까." 허수아비가 대답했다.

전투적인 나무의 공격

이튿날 아침에 도로시는 예쁜 녹색 소녀에게 입 맞추며 작별 인사를 했고, 친구들은 성문까지 배웅 나온 녹색 수염 병사와 악수를 나누었다. 문지기는 다시 만난 도로시 일행이 아름다운 도시를 떠나 또다시 위험한 길을 나선다는 이야기를 듣고 깜짝 놀랐다. 그러나 즉시 안경의 자물쇠를 풀어 녹색 상자에 넣고 큰 행운이 함께하기를 빌어주었다.

"허수아비 님은 이제 우리를 다스리는 분입니다. 그러니 되도록 빨리 돌아오셔야 합니다." 문지기가 말했다.

"가능하면 꼭 그렇게 하겠습니다. 하지만 우선 도로시가 집에 가도록 도와야 해요." 허수아비가 대답했다.

도로시는 친절한 문지기에게 마지막 작별 인사를 건넸다.

"이 아름다운 도시에서 저는 정말 따뜻한 대접을 받았어요. 모두 다정하게 대해주셨죠. 얼마나 고마운지 몰라요."

"그런 말 말아요, 아가씨. 우린 아가씨가 우리와 함께 지내면 좋겠어요. 하지만 캔자스로 돌아가는 게 아가씨의 소원이니 방법을 찾길 바랍니다."

문지기는 바깥 성문을 열었고 도로시 일행은 걸음을 옮겨 여행을 시작했다.

남쪽 나라를 향해 고개를 돌리니 해가 밝게 빛나고 있었다. 모두 기분이 무척 좋아서 웃고 떠들었다. 도로시의 마음은 집에 갈 수 있다는 희망으로 다시 한번 부풀었고 허수아비와 양철 나무꾼은 도로시를 도와줄 수 있어 기뻤다. 사자는 신선한 공기를 즐겁게 킁킁 들이마시고 다시 들판에 나왔다는 사실에 신이 나서 꼬리를 좌우로 마구 흔들었다. 그동안 토토는 친구들 주변을 뛰어다니거나 나방과 나비를 쫓아다니면서 내내 유쾌하게 짖어댔다.

"도시 생활은 나랑 전혀 맞지 않아. 거기서 지낸 뒤로 살이 많이 빠졌어. 내가 얼마나 용감해졌는지 다른 짐승들에게 보여줄 기회가 어서 생기면 좋겠다."

친구들과 활기차게 걸음을 옮기면서 사자가 말했다.

도로시 일행은 고개를 돌려 에메랄드시를 마지막으로 바라보았다. 보이는 것이라고는 녹색 성벽 뒤로 솟아오른 망루와 뾰족탑뿐이었고, 그중에서 가장 높은 것은 오즈 궁전의 뾰족한 탑과 둥근 지붕이었다.

"어쨌든 오즈는 그렇게 나쁜 마법사가 아니었어." 양철 나무꾼이 가슴 속에서 덜거덕거리는 심장을 느끼며 말했다.

"내게 두뇌를, 그것도 아주 훌륭한 두뇌를 주는 방법도 알고 있었지." 허수아비가 말했다.

"오즈도 나처럼 용기를 주는 물약을 마셨다면 용감한 사람이 되었을 텐데." 사자가 덧붙였다.

도로시는 아무 말도 하지 않았다. 도로시에게 한 약속을 지키지 않았지만 최선을 다했으니 도로시는 오즈를 용서했다. 스스로 말했듯이 마법사로서는 형편없었지만 착한 사람이었다.

첫날은 에메랄드시에서 사방으로 뻗은 녹색 들판과 화려한 꽃밭을 지났다. 밤에는 풀밭에서 잠을 청했는데 별들이 머리 위를 수놓았다. 도로시와 친구들은 그곳에서 푹 쉬었다.

아침이 밝자 여행이 다시 시작되었고 친구들은 울창한 숲에 이르렀다. 오른쪽을 봐도 왼쪽을 봐도 숲이 펼쳐져 있어 옆으로 돌아갈 방법은 없었다. 혹시 길을 잃을까 봐 여행의 방향을 바꿀 수도 없었다. 그래서 도로시 일행은 가장 쉽게 숲으로 들어갈 길을 찾아보았다.

앞장선 허수아비가 마침내 커다란 나무를 하나 발견했는데, 넓게 뻗은 가지 덕분에 그 밑에 도로시 일행이 지나갈 만한 틈이 있었다. 허수아비가 나무 쪽으로 먼저 걷다가 가장 앞에 있던 가지 아래로 들어간 순간, 가지들이 구부러지며 허수아비를 휘감더니 몸을 땅에서 번쩍 들어 올렸다. 그리고 친구들을 향해 거꾸로 내동댕이쳤다.

허수아비는 다치지는 않았지만 깜짝 놀랐고, 도로시의 부축을 받고 일어난 뒤에도 약간 어지러워 보였다.

"이쪽 나무 사이에 다른 틈이 있어." 사자가 소리쳤다.

"내가 먼저 가볼게. 이리저리 내동댕이쳐져도 다치지 않으니까." 허수아비는 이렇게 말하며 다른 나무로 걸어갔다. 나뭇가지들이 즉시 허수아비를 붙잡아 다시 내던져버렸다.

"이상한 일이야. 이제 어쩌지?" 도로시가 외쳤다.

"나무들이 길을 막고 우리와 싸우기로 마음먹은 모양이야." 사자가 말했다.

"아무래도 내가 나서야겠어." 나무꾼은 도끼를 어깨에 얹고는 가장 먼저 허수아비를 아무렇게나 내던졌던 나무를 향해 당당히 걸어갔다. 커다란 나뭇가지가 구부러지며 붙잡으려 하자, 나무꾼은 아주 사납게 도끼를 휘둘러 나뭇가지를 두 동강 냈다. 그 순간 나무가 고통스럽다는 듯이 모든 가지를 바들바들 떨었고, 양철 나무꾼은 안전하게 나무 밑을 지나갔다.

"어서! 서둘러!" 나무꾼이 친구들에게 외쳤다. 나머지 친구들 모두가 앞으로 달려가 무사히 나무 밑을 지났다. 토토는 예외였다. 작은 나뭇가지 하나가 붙잡고 흔들어대는 바람에 토토는 깽깽 울부짖었다. 양철 나무꾼이 재빨리 그 나뭇가지를 잘라 작은 강아지를 풀어주었다.

숲속의 다른 나무들은 도로시 일행을 막으려고 하지 않았다. 가장 앞줄에 선 나무들만 가지를 구부릴 수 있고 그 나무들은 아마도 숲을 지키는 경비대며, 낯선 침입자를 막기 위해 그 놀라운 힘을 얻었으리라고 친구들은 생각하기로 했다.

네 나그네는 숲속을 편히 걷다가 숲의 반대편 끄트머리에 이르렀다. 그런데 놀랍게도 흰 도자기로 만든 것처럼 보이는 높은 담장이 눈앞에 나타났다. 담장은 접시 표면처럼 매끄러웠고 도로시와 친구들의 키보다 높았다.

"이제 어쩌면 좋지?" 도로시가 물었다.

"내가 사다리를 만들게. 담장을 넘어야 하니까 말이야." 양철 나무꾼이 말했다.

우아한 도자기 나라

나무꾼이 숲에서 찾은 나무로 사다리를 만드는 동안, 오래 걷느라 지친 도로시는 누워서 잠을 잤다. 사자도 몸을 웅크린 채 잠들었고 토토는 그 옆에 엎드렸다.

허수아비는 일하는 나무꾼을 지켜보다가 말을 걸었다.

"이 담장이 왜 여기 있는지, 뭘로 만든 건지 짐작이 안 돼."

"머리를 좀 쉬게 놔두고 담장은 걱정하지 마. 저 위로 올라가면 건너편에 뭐가 있는지 알게 될 테니까." 나무꾼이 대답했다.

잠시 뒤에 사다리가 완성되었다. 볼품은 없었지만 양철 나무꾼은 사다리가 튼튼하고 쓸모 있을 거라고 장담했다. 허수아비는 도로시와 사자, 토토를 깨워 사다리가 준비되었다고 알렸다. 허수아비가 가장 먼저 사다리에 올랐는데, 몸놀림이 너무 서툴러서 도로시가 바짝 뒤따르며 그가 떨어지지

않도록 도와야 했다. 담장 꼭대기로 머리를 내민 순간 허수
아비가 말했다.

"아니, 이럴 수가!"

"계속 올라가." 도로시가 외쳤다.

허수아비는 더 높이 올라가 담장 꼭대기에 앉았고, 머리
를 내민 도로시가 허수아비와 똑같이 외쳤다.

"아니, 이럴 수가!"

그다음에는 토토가 올라왔다가 곧바로 짖어대기 시작했
고 도로시가 조용히 하라고 토토를 달랬다.

다음으로 사자가 사다리에 올랐고, 양철 나무꾼이 마지
막으로 왔다. 둘 다 담장 너머를 보자마자 "아니, 이럴 수가!"
하고 외쳤다. 도로시와 친구들은 담장 위에 함께 나란히 앉
아, 눈앞에 나타난 이상한 광경을 내려다보았다.

앞쪽에는 커다란 접시처럼 매끄럽고 하얗고 반짝거리는
바닥이 넓게 펼쳐졌다. 도자기로 만들고 아주 화려한 색깔로
칠한 수많은 집이 여기저기 흩어져 있었다. 무척 작아서 가
장 큰 집도 도로시의 허리 높이 정도였다. 도자기 울타리로
둘러싸인 작고 예쁜 헛간도 있었고 도자기로 만든 소, 양, 말,
돼지, 닭 등 많은 동물이 무리 지어 곳곳에 서 있었다.

그러나 이 기묘한 나라에서 가장 이상한 것은 바로 이곳
의 사람들이었다. 젖 짜는 여자들과 양 치는 여자들은 몸에

딱 달라붙는 밝은색 조끼를 입었고 금색 물방울무늬가 치마를 수놓았다. 공주들은 화려한 은색, 금색, 자주색 드레스를 입고 있었다. 양치기들은 분홍색과 노란색, 파란색으로 줄무늬 진 반바지를 입었으며 신발에는 금빛 쇠 장식이 달려 있었다. 왕자들은 보석 박힌 왕관을 쓰고 공단으로 만든 짧고 딱 맞는 상의 위에 흰 담비 털을 붙인 예복을 걸치고 있었다. 우스꽝스럽게 생긴 어릿광대들은 주름을 잔뜩 잡은 야회복 차림이었는데 뺨에는 빨갛고 동그란 점을 찍고 높이 솟은 뾰족한 모자를 쓰고 있었다. 그리고 무엇보다도 이상한 것은 이 사람들이 옷을 포함해 몸 전체가 도자기였으며 크기가 아주 작아서 그중에서 가장 큰 사람도 도로시의 무릎을 넘지 못한다는 사실이었다.

처음에는 누구도 도로시 일행을 쳐다보지 않았다. 머리가 유난히 크고 몸집이 작은 자주색 도자기 개 한 마리가 담장으로 다가와 작은 소리로 짖어대다가 달아났을 뿐이었다.

"어떻게 내려가지?" 도로시가 물었다.

사다리가 너무 무거워 끌어올릴 수 없었기 때문에, 허수아비가 먼저 담장에서 훌쩍 뛰어내렸고 다른 친구들은 발이 단단한 바닥에 부딪혀 다치지 않도록 허수아비의 몸 위로 뛰어내렸다. 물론 뛰어내릴 때는 허수아비의 머리를 밟아 핀에 찔리지 않도록 조심했다. 모두 무사히 내려온 뒤 친구들은 납작해진 허수아비를 일으키고 짚을 톡톡 두드려 원래 모습으로 되돌려주었다.

"건너편으로 가려면 이 이상한 나라를 가로질러야 해. 남쪽으로 똑바로 가지 않고 방향을 바꾸는 건 현명한 행동이 아니니까." 도로시가 말했다.

도로시 일행은 도자기 사람들의 나라를 지나가기 시작했다. 처음에는 도자기 암소의 젖을 짜는 도자기 아가씨를 지났다. 가까이 다가갔을 때 암소가 갑자기 발길질을 했다. 그 발길에 차여, 발판과 우유 통은 물론이고 젖 짜는 아가씨까지도 우당탕 소리와 함께 도자기 바닥으로 넘어졌다.

암소 다리가 댕강 부러지고, 우유 통이 여러 개로 조각 나고, 불쌍한 아가씨의 왼쪽 팔꿈치에 금이 간 모습에 도로시는 화들짝 놀랐다.

"이봐요! 이게 무슨 짓이에요? 암소 다리 한쪽이 부러졌으니 나는 암소를 수선 가게에 데려가서 다시 아교로 붙여야 해요. 대체 왜 여기 와서 내 암소를 놀라게 한 거죠?" 젖 짜는 아가씨가 화를 내며 외쳤다.

"정말 미안해요. 용서해주세요." 도로시가 대답했다.

그러나 어여쁜 도자기 아가씨는 너무 화가 나서 대답을 하지 않았다. 샐쭉한 얼굴로 암소의 다리를 들고서 암소를 끌고 갔다. 가여운 동물은 다리 세 개로 절뚝절뚝 걸었다. 젖 짜는 아가씨는 금 간 팔꿈치를 옆구리에 바짝 붙이고 이 칠칠치 못한 나그네들이 원망스럽다는 듯이 어깨 너머로 쳐다보면서 자리를 떠났다.

도로시는 이 사고에 마음이 몹시 아팠다.

"이곳에서는 정말 조심해야겠어. 까딱하다가는 우리 때문에 이 작고 예쁜 사람들이 영영 고치지 못할 만큼 심하게 다치겠는걸." 마음 따뜻한 나무꾼이 말했다.

조금 더 걷다가 도로시는 굉장히 아름다운 옷을 입은 젊은 공주와 마주쳤다. 공주는 낯선 이들을 보자 멈칫하더니 달아나기 시작했다.

도로시는 공주의 모습을 자세히 보고 싶어서 뒤따라 달렸다. 도자기 공주가 소리쳤다.

"쫓아오지 말아요! 쫓아오지 마!"

공주의 작은 목소리가 잔뜩 겁에 질렸기에, 도로시는 걸음을 멈추고 말했다.

"왜요?"

"달리다가 넘어지면 몸이 부서질지도 모른단 말이에요." 공주가 안전한 거리를 두고 멈춰 서서 대답했다.

"하지만 고칠 수 있지 않나요?" 도로시가 물었다.

"네, 맞아요. 하지만 고치고 나면 전처럼 예쁘지 않잖아요." 공주가 대답했다.

"그렇겠네요." 도로시가 말했다.

"어릿광대 중에 조커라는 사람이 있는데 물구나무서기를 하려고 늘 애를 써요. 몸이 자꾸만 부서져서 백 군데는 수선했을 거예요. 그래서 전혀 예뻐 보이지가 않아요. 마침 이쪽으로 오니까 직접 보면 되겠군요." 도자기 공주가 말했다.

정말로 작고 명랑한 어릿광대가 도로시 일행을 향해 걸어오고 있었다. 어릿광대는 빨간색과 노란색, 녹색이 섞인 예쁜 옷을 입었지만 온몸이 갈라진 자국투성이인 데다 사방으로 퍼져나간 금을 보니 아주 여러 곳을 고친 게 분명했다.

어릿광대는 볼을 불룩하게 부풀리고 주머니에 손을 넣은 채 건방진 태도로 도로시 일행을 향해 고개를 까닥이고는 이렇게 말했다.

"아름다운 아가씨

가여운 조커를

왜 빤히 쳐다보시나요?

뻣뻣하기 그지없이

새침한 그 모습

부지깽이라도 삼켰나 봐요!"

"조용히 해요! 이곳에 처음 온 분들 앞이니 예의를 차려야 한다는 사실을 모르겠어요?" 도자기 공주가 말했다.

"뭐, 그럼 예의를 차려보죠." 어릿광대는 단호하게 말하더니 즉시 물구나무를 섰다.

"조커 씨는 신경 쓰지 마세요. 머리에 잔뜩 금이 가서 바보처럼 군답니다." 공주가 도로시에게 말했다.

"아, 저는 아무렇지도 않아요. 그런데 공주님은 무척 아름답군요. 당신을 아끼고 사랑해줄 수 있어요. 당신을 캔자스로 데려가서 엠 아주머니의 벽난로 위에 올려놓으면 안 될까요? 바구니에 넣어 데려가면 되는데." 도로시가 말했다.

"그러면 난 아주 불행해질 거예요. 보다시피 우리는 이곳에서 말도 하고 마음껏 돌아다니면서 만족스럽게 살아요. 하지만 이 나라를 벗어나면 누구든 관절이 곧바로 굳어버려서, 예쁜 모습을 한 채 꼿꼿이 서 있을 수밖에 없어요. 물론 우리를 벽난로 위나 장식장이나 응접실 탁자에 올려놓을 때는 그런 모습이면 충분하겠죠. 하지만 이 나라에서 사는 편이 우리는 훨씬 즐겁답니다." 도자기 공주가 대답했다.

그 말에 도로시가 외쳤다.

"어떤 일이 있어도 당신을 불행하게 만들고 싶지 않아요! 그러니 그냥 작별 인사를 해야겠군요."

"잘 가요." 공주가 대답했다.

도로시 일행은 도자기 나라를 조심스럽게 지나갔다. 작은 동물들과 사람들은 낯선 나그네 때문에 몸이 부서질까 봐 허둥지둥 달아났다. 한 시간쯤 지나자 길동무들은 그 나라의 반대편에 도착했고 거기도 도자기 담장이 있었다.

그러나 처음 담장처럼 높지 않았으므로, 친구들은 사자의 등을 밟고 담장 위로 간신히 기어올랐다. 사자는 다리를 한꺼번에 구부렸다가 홀쩍 뛰어올라 담을 넘었다. 그러나 뛰어오르는 순간 꼬리로 도자기 교회를 뒤엎어 산산이 조각내고 말았다.

"안타까운 일이야. 하지만 암소 다리와 교회를 깨뜨린 것 말고는 작은 사람들에게 그 이상 해를 끼치지 않아서 참 다행이야. 그들은 정말이지 쉽게 부서지잖아!" 도로시가 말했다.

"정말 그래. 난 짚으로 만들어서 쉽게 다치지 않으니 고마울 따름이야. 세상에는 허수아비로 사는 것보다 더 나쁜 일도 있구나." 허수아비가 대답했다.

동물의 왕이 된 사자

도자기 담장에서 내려오니 수렁과 늪지가 많은 데다 기다란 풀이 빽빽한 기분 나쁜 풍경이 펼쳐졌다. 풀이 너무 무성해 진흙 구덩이가 보이지 않았고 그래서 걸핏하면 구덩이에 발이 빠졌다. 도로시와 친구들은 조심조심 걸음을 떼며 무사히 그곳을 지나 마침내 단단한 땅에 도착했다. 그러나 그 땅의 풍경은 어떤 곳보다도 황량했다. 덤불을 헤치며 지치도록 오래 걸은 뒤에야 다른 숲에 들어섰는데, 그 숲의 나무들은 그동안 보았던 나무보다 더 크고 오래된 것 같았다.

"이 숲이야말로 최고로 기분 좋은 곳이야. 여기보다 더 아름다운 곳은 본 적 없어." 사자가 즐겁게 주변을 둘러보며 말했다.

"음산해 보이는데." 허수아비가 말했다.

"전혀 그렇지 않아. 난 평생 이곳에서 살고 싶은걸. 발밑에 깔린 마른 잎이 얼마나 부드러운지, 이 고목에 달라붙은 이끼가 얼마나 풍성하고 푸른지 보라고. 이보다 더 쾌적한 집을 바라는 짐승은 없을걸." 사자가 대답했다.

"지금 이 숲에는 짐승들이 살고 있을 거야." 도로시가 말했다.

"그렇겠지. 하지만 이 주위에는 없는 것 같아." 사자가 대답했다.

숲을 걷다 보니 어느새 너무 어두워져 앞으로 더 갈 수가 없었다. 도로시와 토토, 사자는 눕거나 엎드려 잠을 청했고 그동안 나무꾼과 허수아비는 여느 때처럼 망을 보며 친구들을 지켰다.

아침이 밝자 다시 여행이 시작되었다. 얼마 가지 않았는데 수많은 짐승이 으르렁거리기라도 하는지 나지막하게 웅웅거리는 소리가 들렸다. 토토는 조금 낑낑거렸지만 다른 친구들은 겁내지 않고 잘 다져진 길을 계속 걸었다. 넓은 숲속 공터가 나왔는데 온갖 짐승들이 수백 마리 모여 있었다. 사자, 코끼리, 곰, 늑대, 여우처럼 동물이란 동물은 모두 보여서 도로시는 잠깐 겁이 났다. 그러나 동물들이 회의 중이며 이빨을 드러내고 으르렁거리는 모습을 보니 큰 문제가 생긴 모양이라고 사자가 말해주었다.

그러는 동안 짐승 몇 마리가 사자를 발견했다. 거대한

무리에서 들려오던 소리가 마법처럼 뚝 그쳤다. 가장 큰 호랑이가 사자에게 다가와 고개 숙여 인사한 뒤에 말했다.

"어서 오십시오, 동물의 왕이시여! 마침 잘 오셨습니다. 저희를 괴롭히는 적과 싸워 숲의 모든 동물에게 평화를 되찾아주십시오."

"문제가 무엇이냐?" 사자가 조용히 물었다.

"얼마 전에 이 숲에 나타난 사나운 적이 저희 모두를 위협하고 있습니다. 커다란 거미를 닮은 아주 소름 끼치는 괴물로, 몸통은 코끼리만큼 크고 다리는 나무줄기만큼 깁니다. 그 긴 다리가 여덟 개나 되는데, 숲을 기어 다니면서 긴 다리로 동물을 붙잡아 입에 넣고는 거미가 파리를 잡아먹듯이 먹어 치웁니다. 이 사나운 괴물이 살아 있는 한 숲속 동물은 누구도 안전하지 않습니다. 그래서 회의를 열어 저희를 지킬 방법을 의논하던 참이었는데 사자 님께서 나타나신 겁니다." 호랑이가 말했다.

사자는 잠시 생각에 잠겼다가 물었다.

"이 숲에 다른 사자는 없느냐?"

"없습니다. 몇 마리 있었지만 괴물이 모두 잡아먹었습니다. 게다가 그 사자들은 당신처럼 이렇게 몸집이 크고 용맹스럽지 않았습니다."

"그 괴물을 무찌르면 내게 절하고 이 숲의 왕으로 섬기

겠느냐?" 사자가 물었다.

"기꺼이 섬기겠습니다!" 호랑이가 대답했다.

다른 동물들도 모두 힘차게 울부짖으며 한목소리로 외쳤다.

"그렇게 하겠습니다!"

"너희가 말한 그 거대한 거미는 지금 어디에 있지?" 사자가 물었다.

"저기, 참나무 사이에 있습니다." 호랑이가 앞발로 가리키며 말했다.

"내 친구들을 보살펴다오. 당장 그 괴물과 싸우러 가겠다."

사자는 친구들에게 인사하고 적과 싸우기 위해 위풍당당하게 나아갔다.

마침내 사자가 적을 발견했을 때 거대한 거미는 엎드려 자고 있었다. 그 모습이 얼마나 흉측한지 사자는 혐오스럽다는 듯이 코를 치켜들었다. 호랑이가 말한 대로 다리가 무척 길었고 굵고 새카만 털이 몸통을 뒤덮었다. 입도 아주 크고 길이가 한 뼘이 넘는 날카로운 이빨이 나란히 났는데, 반면에 머리와 통통한 몸을 연결하는 목은 말벌 허리만큼이나 가늘었다. 그 모습을 본 사자는 이 괴물을 공격할 가장 좋은 방법을 떠올렸다. 그리고 깨어 있을 때보다 잠들었을 때 싸우기가 더 쉽다는 사실을 알았으므로, 펄쩍 뛰어 괴물의 등에 올라탔다. 사자는 날카로운 발톱으로 무장한 무거운 앞발을 단 한 번 휘둘러 거미의 머리를 몸통에서 잘라냈다. 괴물의 몸통에서 뛰어내려 지켜보는 동안 긴 다리들이 꿈틀거리더니 마침내 멈추었다. 괴물이 죽은 것이다.

사자는 숲속 동물들이 기다리는 공터로 돌아와 당당하게 말했다.

"이제는 괴물을 겁낼 필요 없다."

짐승들은 왕이 된 사자 앞에 절을 올렸고 사자는 도로시가 캔자스로 무사히 떠나면 곧장 돌아와 이곳을 다스리기로 약속했다.

콰들링 나라

넷은 나머지 숲을 무사히 지났다. 어두운 숲에서 빠져나오니, 꼭대기부터 기슭까지 커다란 바윗덩어리로 뒤덮인 가파른 언덕이 보였다.

"오르기 힘들겠어. 그래도 저 언덕을 넘어야 해." 허수아비가 이렇게 말한 뒤 앞장섰고 다른 친구들은 뒤따랐다. 첫째 바위에 거의 도착한 순간, 거친 목소리가 들렸다.

"물러서!"

"누구냐?" 허수아비가 물었다.

바위 위로 머리 하나가 나타나더니 똑같은 목소리로 말했다.

"이 언덕은 우리 거야. 누구도 지나갈 수 없다!"

"하지만 우리는 이곳을 넘어야 해. 콰들링 나라로 가는 길이거든." 허수아비가 말했다.

"그래도 안 돼!"그 목소리가 대답했다. 곧 도로시와 친구들이 본 사람 중에서 가장 괴상하게 생긴 남자가 바위 뒤에서 걸어 나왔다.

키가 무척 작고 뚱뚱하며 머리가 컸는데, 머리 꼭대기는 납작했고 주름투성이인 두꺼운 목이 머리를 받치고 있었다. 팔도 없었다. 허수아비는 저렇게 힘없는 사람이라면 언덕을 오르려는 도로시 일행을 막지 못하리라고 생각해 이렇게 말했다.

"네 말에 따르지 못해서 미안하지만, 우리는 네가 좋든 싫든 이 언덕을 꼭 넘어야 해."

그러고는 대담하게 앞으로 걸음을 옮겼다.

괴상한 남자의 목이 쭉 늘어나 머리가 번개처럼 튀어나오더니, 납작한 정수리가 허수아비의 허리를 들이받았다. 허수아비는 언덕 아래로 데굴데굴 굴렀다. 남자의 머리는 튀어나올 때만큼이나 재빠르게 몸통으로 돌아갔다. 머리 주인이 귀에 거슬리는 소리로 웃어대면서 말했다.

"생각만큼 쉽진 않을걸!"

다른 바위에서 떠들썩한 웃음소리가 한꺼번에 쏟아져 나왔다. 팔 없는 '망치 머리' 수백 명이 언덕 비탈의 바위 뒤에 한 명씩 몸을 숨긴 모습이 도로시의 눈에 띄었다.

사자는 사고를 당한 허수아비에게 웃음이 쏟아지는 광

경을 보고 몹시 화가 났다. 그래서 천둥처럼 요란하게 울부짖으며 빠르게 언덕을 올랐다.

이번에도 머리 하나가 즉시 튀어나왔고 커다란 사자는 대포알에 맞은 것처럼 언덕 아래로 데굴데굴 굴러떨어졌다.

도로시가 달려가 허수아비를 일으켰다. 사자는 멍들고 욱신거리는 몸을 끌고 도로시에게 다가와서 말했다.

"머리를 쏘아대는 녀석들과 싸워봤자 소용없어. 아무도 못 당해."

"그럼 어떻게 하지?" 도로시가 물었다.

"날개 달린 원숭이들을 부르자. 명령을 내릴 기회가 한 번 남았잖아." 양철 나무꾼이 말했다.

"그게 좋겠어." 도로시는 이렇게 대답하고 황금 모자를 쓴 뒤 주문을 외었다. 원숭이들은 이번에도 아주 빠르게 날아왔고 몇 분 뒤에는 무리 전체가 도로시 앞에 모였다.

"어떤 명령을 내리시겠습니까?" 우두머리 원숭이가 허리를 굽히며 물었다.

"우리를 저 언덕 너머 콰들링 나라로 데려다줘." 도로시가 대답했다.

"알겠습니다." 우두머리 원숭이가 대답했다. 날개 달린 원숭이들은 즉시 네 나그네와 토토를 안고 날아올랐다. 언덕을 넘을 때 망치 머리들이 짜증 섞인 고함을 지르며 머리를 하늘 높이 쏘아 올렸다. 그러나 날개 달린 원숭이들이 있는 데까지는 닿지 않았으므로, 원숭이들은 도로시와 친구들을 데리고 무사히 언덕을 넘어 아름다운 쾌들링 나라에 내려놓았다.

"이번이 저희를 부르실 마지막 기회였습니다. 안녕히 가십시오. 행운을 빕니다." 우두머리 원숭이가 도로시에게 말했다.

"잘 가. 그리고 정말 고마워." 도로시가 대답했다.

원숭이들은 하늘로 날아올라 눈 깜짝할 사이에 모습을 감추었다.

쾌들링 나라는 풍요롭고 행복해 보였다. 끝없이 펼쳐진 들판에서 곡식이 익어가고 들판 사이로 잘 닦인 길이 쭉 뻗어나갔으며 잔물결이 일렁이는 아름다운 시냇물 위에는 튼튼한 다리가 놓여 있었다. 울타리와 집, 다리가 윙키 나라에서는 노란색이었고 먼치킨 나라에서는 파란색이었듯이 이 나라에서는 새빨간 색으로 칠해져 있었다. 쾌들링은 땅딸막하고 포동포동하고 상냥해 보였으며, 초록색 풀과 노랗게 익어가는 곡식 때문에 더욱 선명해 보이는 빨간 옷을 입고 있었다. 원숭이들이 도로시 일행을 내려준 곳은 어느 농가 근처였다. 넷은 그 집으로 다가가 문을 두드렸다. 농부의 아내가 문을 열었고 도로시가 먹을 것을 조금 달라고 말하자 케

이크 세 종류와 쿠키 네 종류로 멋진 저녁 식탁을 차려주었다. 토토에게는 우유 한 그릇을 주었다.

"글린다의 성까지 얼마나 걸리나요?" 도로시가 물었다.

"그리 멀지 않단다. 길을 따라 남쪽으로 가면 금세 도착할 거야." 농부의 아내가 대답했다.

도로시와 친구들은 마음 착한 여인에게 고맙다고 인사한 뒤 다시 길을 떠나 들판을 지나고 예쁜 다리를 건넜다. 마침내 매우 아름다운 성이 눈앞에 나타났다. 성문 앞에는 젊은 여자 세 명이 가장자리에 금색 띠를 두른 빨간 제복을 입고 서 있었다. 도로시가 다가가자 그중 한 명이 말했다.

"남쪽 나라에 무슨 일로 오셨습니까?"

"이곳을 다스리는 착한 마녀를 만나러 왔어요. 저희를 그분께 데려다주시겠어요?" 도로시가 대답했다.

"이름을 말씀해주세요. 글린다 님께 여러분을 만나실지 여쭤보겠습니다."

그들은 이름을 말했고 병사는 성으로 들어갔다. 잠시 뒤에 병사가 돌아와서 도로시와 친구들을 즉시 안으로 들이라는 글린다의 말을 전했다.

착한 마녀 글린다가
도로시의 소원을 이루어주다

그러나 글린다를 만나러 가기 전에 도로시 일행은 성의 어느 방으로 안내를 받았다. 도로시는 그 방에서 얼굴을 씻고 머리를 빗었으며 사자는 갈기를 흔들어 먼지를 털어냈고 허수아비는 가장 멋져 보이도록 몸을 톡톡 두드렸으며 나무꾼은 양철을 문질러 윤을 내고 관절에 기름을 발랐다.

　도로시와 친구들은 몸단장을 마친 뒤에 병사를 따라 커다란 방으로 들어갔다. 마녀 글린다가 루비로 만든 옥좌에 앉아 있었다.

　친구들의 눈에 글린다는 젊고 아름다워 보였다. 새빨간 머리카락이 어깨 위로 물결처럼 흘러내렸다. 드레스는 새하얗고 눈동자는 파란색이었다. 그 파란 눈이 도로시를 상냥하게 내려다보았다.

　"무슨 일로 찾아왔니, 애야?" 글린다가 물었다.

도로시는 마녀에게 그동안 겪은 일을 들려주었다. 회오리바람에 실려 오즈의 나라에 왔다가 친구들을 만난 사연과, 함께 겪은 놀라운 모험을 모두 이야기했다.

"지금 저는 캔자스로 돌아가고 싶을 뿐이에요. 엠 아주머니는 틀림없이 제게 무서운 일이 벌어졌다고 생각하고 상복을 입을 거예요. 올해 농사가 작년보다 잘되지 않으면 헨리 아저씨는 형편상 상복을 마련하지 못할 테고요."

글린다는 몸을 앞으로 내밀어, 위를 쳐다보는 사랑스러운 소녀의 귀여운 얼굴에 입을 맞추었다.

"저런, 안타깝기도 하지. 캔자스로 돌아가는 방법은 내가 알려줄 수 있단다." 글린다는 이렇게 말한 다음 덧붙였다. "하지만 그 방법을 알려주면 나에게 그 황금 모자를 줘야 해."

그 말을 들은 도로시가 외쳤다.

"얼마든지요! 사실 이제 저에게는 쓸모가 없어요. 모자 주인이 되면 날개 달린 원숭이에게 명령을 세 번 내릴 수 있어요."

"나는 딱 세 번만 도움을 받으면 된단다." 글린다가 빙그레 웃으며 대답했다.

도로시는 글린다에게 황금 모자를 건넸다. 글린다가 허수아비에게 말했다.

"도로시가 이곳을 떠나면 너는 어떻게 할 거니?"

"에메랄드시로 돌아갈 거예요. 오즈가 제게 그 도시를 다스리라고 한 데다 사람들도 저를 좋아하거든요. 망치 머리들이 있는 언덕을 어떻게 넘을지, 그게 걱정이죠." 허수아비가 대답했다.

"황금 모자로 날개 달린 원숭이를 불러서 너를 에메랄드시의 성문으로 데려다주라고 하마. 이렇게 훌륭한 지도자를 잃는다면 그 도시 사람들에게는 무척 안타까운 일이니까."

"제가 정말 훌륭한가요?" 허수아비가 물었다.

"넌 특별해." 글린다가 대답했다.

그러고 나서 글린다는 양철 나무꾼을 바라보며 물었다.

"도로시가 이 나라를 떠나면 넌 어떻게 할 거니?"

나무꾼은 도끼에 몸을 기대고 잠시 생각에 잠겼다. 그리고 이렇게 말했다.

"윙키들은 제게 큰 친절을 베풀었고 못된 마녀가 죽고 나서는 그 나라를 다스려달라고 했어요. 저는 윙키들이 좋아요. 다시 서쪽 나라로 돌아갈 수 있다면 언제까지나 그들을 다스리고 싶습니다."

"날개 달린 원숭이들에게 두 번째 명령을 내려 너를 윙키 나라에 무사히 데려다주라고 할 거야. 너는 허수아비처럼 뇌가 큰 것 같지는 않지만, 윤을 잘 내면 허수아비보다 더 반짝반짝할걸. 틀림없이 윙키들을 현명하게 잘 다스릴 거다."

글린다가 말했다.

그런 다음 글린다는 몸집이 크고 털이 텁수룩한 사자를 바라보며 물었다.

"도로시가 집으로 돌아가면, 너는 어떻게 할 거니?"

"망치 머리 언덕 너머에 넓고 오래된 숲이 있어요. 그곳에 사는 모든 짐승이 저를 왕으로 삼았어요. 그 숲으로 돌아갈 수만 있다면 거기서 평생 행복하게 살고 싶습니다." 사자가 대답했다.

"날개 달린 원숭이들에게 세 번째로 명령을 내려서 너를 숲으로 데려다주라고 하마. 그러고 나면 황금 모자의 힘을 다 썼으니 그 모자를 우두머리 원숭이에게 돌려줄 거란다. 그 원숭이들이 언제까지나 자유롭게 살도록 말이야."

허수아비와 양철 나무꾼, 사자는 글린다가 베풀어준 친절에 진심으로 고마워했다. 도로시가 외쳤다.

"글린다 님은 정말이지 겉모습뿐 아니라 마음속까지 아름다우시군요! 하지만 캔자스로 돌아가는 방법은 아직 알려주지 않으셨어요."

"은 구두가 너를 사막 너머로 데려다줄 거야. 네가 구두의 힘을 알았다면 이 나라에 처음 온 날 곧바로 엠 아주머니에게 돌아갔을 텐데." 글린다가 대답했다.

"하지만 그랬다면 저는 이 훌륭한 두뇌를 얻지 못했을

거예요! 평생 농부의 옥수수밭에서 살아야 했을지도 몰라요." 허수아비가 외쳤다.

"저는 이 아름다운 심장을 얻지 못했을 겁니다. 세상이 끝날 때까지 녹슨 몸으로 숲속에 서 있었을지도 몰라요." 양철 나무꾼이 말했다.

"저는 영원히 겁쟁이로 살았을 거예요. 숲속 어떤 동물도 제게 친절한 말을 건네지 않았을 거예요." 사자가 단호하게 말했다.

"모두 맞는 말이에요. 이런 좋은 친구들을 도왔다는 사실이 기뻐요. 하지만 이제는 각자 가장 바라던 것을 얻었고 다스릴 나라도 생겨서 행복해졌어요. 그러니 저는 캔자스로 돌아가고 싶어요." 도로시가 말했다.

"은 구두에는 놀라운 힘이 있단다. 그 구두의 가장 신기한 특징은 세 걸음 만에 세상 어디로든 주인을 데려가는데, 한 걸음이 눈 깜짝할 사이에 지나간다는 점이야. 뒤꿈치를 세 번 맞부딪치며 구두에게 네가 가고 싶은 곳으로 데려다달라고 명령을 내리기만 하면 돼." 착한 마녀가 말했다.

"그렇다면, 구두에게 당장 캔자스로 데려다달라고 할래요." 도로시가 기뻐하며 말했다.

도로시는 사자의 목을 끌어안고 입을 맞추며 커다란 머리를 다정하게 쓰다듬었다. 그런 다음 양철 나무꾼에게 입을 맞추었는데 나무꾼은 관절이 심각한 위험에 빠질 정도로 엉엉 울었다. 도로시는 물감으로 그린 허수아비의 얼굴에 입 맞추는 대신 짚을 채운 폭신한 몸을 두 팔로 껴안았다. 도로시도 이렇게 사랑하는 친구들과 헤어지려니 슬퍼서 눈물을 흘렸다.

착한 마녀 글린다가 루비 옥좌에서 내려와 도로시에게 작별 인사로 입을 맞추었다. 도로시는 친구들과 자신에게 이런 친절을 베풀어줘서 고맙다고 인사했다.

드디어 도로시는 엄숙한 태도로 토토를 품에 안았다. 마지막으로 잘 있으라고 인사한 다음, 구두 뒤꿈치를 세 번 맞부딪치며 말했다.

"나를 엠 아주머니가 계신 집으로 데려다줘!"

말이 끝나자마자 도로시는 빙글빙글 돌며 하늘을 날았다. 아주 빠르게 날았기 때문에, 쉭쉭거리며 귓가를 스치는 바람 말고는 아무것도 보이지 않고 느껴지지 않았다.

은 구두는 딱 세 걸음을 내딛더니 우뚝 멈추었다. 너무 갑자기 멈추는 바람에 도로시는 어디에 도착했는지도 모른 채 풀밭에서 데굴데굴 굴렀다.

마침내 도로시는 몸을 일으키고 주위를 둘러보았다.

"이럴 수가!"

도로시가 외쳤다.

도로시는 드넓은 캔자스 평원에 앉아 있었고 바로 앞에
는 옛집이 회오리바람에 날아간 뒤 헨리 아저씨가 새로 지은
농가가 있었다. 아저씨는 헛간 앞뜰에서 암소의 젖을 짜는
중이었고, 도로시의 품에서 뛰어내린 토토가 컹컹 짖어대며
헛간 쪽으로 달려가고 있었다.

　　자리에서 일어선 도로시는 양말만 신고 있다는 사실을
깨달았다. 은 구두는 하늘을 날아올 때 벗겨져 사막 어딘가
로 영영 사라져버린 것이다.

다시 집으로

엠 아주머니는 양배추밭에 물을 주려고 집에서 나온 참이었다. 고개를 들었더니 이쪽으로 달려오는 도로시가 보였다.

"아가!" 엠 아주머니는 이렇게 소리치며 두 팔로 도로시를 껴안고 얼굴에 몇 번이고 입을 맞추었다.

"대체 어디 갔다 온 거니?"

아주머니의 말에 도로시가 진지하게 대답했다.

"오즈의 나라에요. 토토도 같이 다녀왔어요. 아, 아주머니! 집에 돌아와서 얼마나 기쁜지 몰라요!"

작가 소개

이름 라이먼 프랭크 바움Lyman Frank Baum

출생일 1856년 5월 15일

사망일 1919년 5월 6일

국적 미국

거주지 뉴욕, 할리우드

라이먼 프랭크 바움은 어떤 사람이었을까?

바움은 『오즈의 마법사』를 출간하고 세계적 베스트셀러 작가가 되기 전까지 다양한 직업을 전전하며 다채로운 경험을 쌓았다. 1856년 뉴욕에서 태어난 그는 연극배우로 첫 커리어를 시작해 작은 신문사의 기자로, 전국을 돌아다니는 영업사원으로 일했으며 정원을 가꾸는 원예사, 닭 사육사, 극장 관리자, 극작가, 상점 주인, 쇼윈도 디자이너로 일하기도 했다. 무엇보다도 바움은 가족을 사랑하는 다정한 아버지였다. 그는 날마다 놀라운 상상력을 발휘하여 세 아들에게 흥미로운 모험이 가득한 이야기를 들려주었고, 훗날 이를 글로 담아내 출간한 것이 바로 『오즈의 마법사』다.

바움은 평생 왕성하게 집필을 이어갔다. 그는 모두 14편의 '오즈' 시리즈를 집필했으며 41편의 장편소설, 83편의 단편소설, 200편 이상의 시, 그리고 42편의 각본을 썼다.

1910년 바움은 가족과 함께 할리우드로 이주해 살다가 그곳에서 세상을 떠났다. 마지막 순간 그는 사랑하는 아내에게 "이제 나는 사막

(shifting sand: 『오즈의 마법사』에 등장하는 건널 수 없는 사막)을 건널 수 있 겠네"라는 말을 남겼다.

바움의 어린 시절은 어땠을까?

다섯 살 무렵 바움은 뉴욕 외곽의 로즈 론이라는 작은 시골 마을에서 살았다. 이때 어린 바움은 숲을 마음껏 달리고 자연을 발견하며 강아 지, 닭을 비롯한 온갖 동물들과 친해질 수 있었다. 열다섯 살 무렵에는 사업에 성공한 아버지가 선물해준 인쇄기로 직접《로즈 론 홈 저널The Rose Lawn Home Journal》이라는 잡지를 창간하기도 했다.

라이먼 프랭크 바움은 글을 쓰는 것 외에 어떤 일을 했을까?

바움은 연극과 영화에도 깊은 애정을 보였다. 특히 연극에 크게 매료 되었던 바움은 연극배우와 제작자로 활동했으며, 다양한 뮤지컬을 후 원하기도 했다. 1914년 그는 '오즈 영화제작사(Oz Film Manufacturing Company)'라는 영화사를 세우고 직접 경영자이자 제작자, 극작가로 일 하며 영화를 만들었다.

바움은 또한 여성 참정권을 열렬히 옹호하는 활동가였다. 바움은 장모이자 19세기를 대표하는 여성 인권 운동가인 마틸다 조슬린 게이 지의 영향을 받았는데, 성 평등에 대한 그의 가치관은 그가 집필한 여 러 작품에 반영되었다. 『오즈의 마법사』 속 도로시는 물론이고 다른 '오 즈' 시리즈에도 씩씩하고 지혜로운 여성 캐릭터들이 등장하며, 직접 양 성평등을 주장하는 인물이 등장하기도 한다.

라이먼 프랭크 바움은 어디에서 『오즈의 마법사』에 대한 아이디어를 얻었을까?

바움은 가족을 무척 사랑했으며, 아이들에게도 좋은 아버지였다. 그는 언제나 세 아들을 불러 모아 자신이 지어낸 흥미로운 이야기를 해주었고, 장모인 마틸다 게이지의 조언을 받아들여 이 이야기들을 책으로 출간하기로 결심했다. 『오즈의 마법사』의 주인공 도로시의 이름은 너무 어린 나이에 사망한 바움의 조카 도로시 게이지에게서 따온 것이다.

『오즈의 마법사』가 처음 출간되었을 때 사람들의 반응은 어땠을까?

1900년 출간된 『오즈의 마법사』는 출간되자마자 엄청난 사랑을 받았다. 출간 2주 만에 초판 1만 부가 전부 동이 났고, 6개월 만에 총 9만 부가 팔렸다. 그 뒤로도 2년 동안 베스트셀러로 자리 잡았다. 1902년 『오즈의 마법사』는 시카고에서 뮤지컬로 제작되었으며, 1939년 할리우드에서 영화화되었다.

라이먼 프랭크 바움은 또 어떤 책을 썼을까?

바움의 첫 번째 책은 '오즈' 시리즈가 아니었다. 그는 1898년 『엄마 거위Mother Goose in Prose』라는 책을 처음으로 출간했다. 그리고 이듬해 일러스트레이터 W. W. 덴슬로와 작업한 『아빠 거위Father Goose, His Book』를 잇따라 발표하며 독자들에게 이름을 알렸다. 그 외에도 『산타클로스의 삶과 모험The Life and Adventures of Santa Claus』(1902), 『익스의 여왕 직시Queen Zixi of Ix』(1905) 등의 작품이 있다. 때로 가명으로 책을 출간하기도 했다.

등장인물

도로시 게일

주인공. 씩씩하고 명랑한 소녀로 엠 아주머니, 헨리 아저씨와 함께 캔자스 시티에 산다. 회오리바람에 휘말려 날아간 곳에서 우연히 못된 동쪽 마녀를 죽이게 되고, 다시 고향으로 돌아가기 위한 놀라운 모험을 시작하게 된다.

엠 아주머니와 헨리 아저씨

도로시의 가족. 캔자스 대평원에서 농사를 짓는다.

토토

길고 보드라운 털과 반짝이는 눈을 가진 작고 검은 강아지. 도로시는 토토와 늘 함께하며 토토를 몹시 사랑한다.

먼치킨

못된 동쪽 마녀가 다스리는 동쪽 나라에 사는 사람들. 어딘가 기묘해 보이는 이들은 도로시와 비슷한 정도의 키에 역시나 기묘한 옷차림을 하고 있다. 남자는 파란색 모자를, 여자는 흰색 모자를 쓰고 있다.

동쪽 마녀

먼치킨을 노예처럼 부려먹었던 못된 마녀. 회오리바람을 타고 우연히 머리 위로 날아온 도로시의 집에 깔려 죽는다.

북쪽 마녀

북쪽을 다스리는 착한 마녀. 동쪽 마녀의 은 구두를 도로시에게 건네주고 도로시의 이마에 입을 맞춰준다.

오즈

에메랄드시에 사는 가장 위대한 마법사로 알려져 있다. 도로시는 캔자스 시티로 돌아가게 해달라고 부탁하기 위해 오즈를 찾아간다.

허수아비

짚으로 만들어졌으나 두뇌를 갖고 싶어 한다. 오즈에게 두뇌를 달라고 부탁하고자 도로시와 함께 길을 나선다.

양철 나무꾼

잃어버린 심장을 다시 갖고 싶어 한다. 오즈에게 심장을 달라고 부탁하고자 도로시와 함께 길을 나선다.

겁쟁이 사자

동물의 왕으로 불리지만 사실 토끼와도 맞서기 어려운 겁쟁이인 것을 부끄러워한다. 오즈에게 용기를 달라고 부탁하고자 도로시와 함께 길을 나선다.

들쥐 여왕

들쥐를 다스리는 여왕. 양철 나무꾼이 살쾡이에게 물려 죽을 뻔한 여왕을 살려준다. 그 보답으로 여왕은 도로시 일행을 도와준다.

서쪽 마녀

윙키를 노예처럼 부려먹는 사악하고 무시무시한 마녀. 호루라기를 불어 마법을 부리며 도로시 일행 또한 죽이거나 노예로 만들려 한다.

남쪽 마녀

이름은 글린다. 가장 강력한 힘을 가진 마녀로 쾨들링을 다스린다. 도로시에게 은 구두의 마법을 사용하는 법을 가르쳐준다.

옮긴이 **김율희**

고려대학교 영어영문학과를 졸업한 뒤 동 대학원에서 근대영문학으로 석사 학위를 받았다. 삶을 풍요롭게 하는 책의 힘을 믿으며 번역가의 길로 들어섰다. 『크리스마스 캐럴』, 『벤자민 버튼의 시간은 거꾸로 간다』, 『월든』, 『작가란 무엇인가 3』, 『작가라서』, 『키다리 아저씨』, 『이만하면 괜찮은 죽음』, 『안녕, 아이반』, 『새의 언어』 등을 우리말로 옮겼다.

걸 클래식 + 환상 컬렉션

오즈의 마법사

펴낸날 초판 1쇄 2021년 9월 10일

지은이 라이먼 프랭크 바움

옮긴이 김율희

펴낸이 이주애, 홍영완

편집2팀 최혜리, 오경은, 홍은비, 장종철

편집 양혜영, 유승재, 박효주, 문주영, 김애리, 홍상현

마케팅 김미소, 김태윤, 박진희, 김슬기

디자인 박아형, 김주연, 기조숙, 윤신혜

해외기획 정미현

경영지원 박소현

펴낸곳 (주)윌북 출판등록 제2006-000017호 주소 10881 경기도 파주시 회동길 337-20

전자우편 willbooks@naver.com 전화 031-955-3777 팩스 031-955-3778

블로그 blog.naver.com/willbooks 포스트 post.naver.com/willbooks

페이스북 @willbooks 트위터 @onwillbooks 인스타그램 @willbooks_pub

ISBN 979-11-5581-392-8 04840

979-11-5581-390-4 04800(세트)

- 책값은 뒤표지에 있습니다.
- 잘못 만들어진 책은 구입하신 서점에서 바꿔드립니다.

The Girl Classic

·

환상 컬렉션

오즈의 마법사 라이먼 프랭크 바움 지음 · 김율희 옮김

피노키오 카를로 콜로디 지음 · 김지우 옮김

피터 팬 제임스 매슈 배리 지음 · 차재미 옮김